SEGMENTAÇÃO NA ESCRITA INFANTIL

SEGMENTAÇÃO NA ESCRITA INFANTIL

Cristiane Carneiro Capristano

Martins Fontes
São Paulo 2007

Copyright © 2007, Livraria Martins Fontes Editora Ltda.,
São Paulo, para a presente edição.

1ª edição 2007

Acompanhamento editorial
Helena Guimarães Bittencourt
Preparação do original
Luzia Aparecida dos Santos
Revisões gráficas
Alessandra Miranda de Sá
Marisa Rosa Teixeira
Dinarte Zorzanelli da Silva
Produção gráfica
Geraldo Alves
Paginação/Fotolitos
Studio 3 Desenvolvimento Editorial

Dados Internacionais de Catalogação na Publicação (CIP)
(Câmara Brasileira do Livro, SP, Brasil)

Capristano, Cristiane Carneiro
   Segmentação na escrita infantil / Cristiane Carneiro Capristano. – São Paulo : Martins Fontes, 2007. – (Texto e linguagem)

   ISBN 978-85-336-2352-1

   1. Crianças – Linguagem 2. Escrita 3. Fala 4. Linguagem – Aquisição I. Título. II. Série.

07-0409   CDD-302.224

Índices para catálogo sistemático:
1. Atividade verbal : Comunicação : Sociologia   302.224
2. Fala e escrita : Processo de diferença :
   Comunicação : Sociologia   302.224
3. Fala e escrita : Processo de integração :
   Comunicação : Sociologia   302.224

Todos os direitos desta edição reservados à
Livraria Martins Fontes Editora Ltda.
Rua Conselheiro Ramalho, 330 01325-000 São Paulo SP Brasil
Tel. (11) 3241.3677 Fax (11) 3105.6993
e-mail: info@martinsfonteseditora.com.br http://www.martinsfonteseditora.com.br

Índice

Introdução **1**

1. **Bases para a investigação de aspectos de segmentação na escrita infantil** **7**

   A segmentação não-convencional como resultado de interferências do texto falado **8**
   A segmentação não-convencional como momentos de reflexão e construção de hipóteses sobre a escrita **10**
   Sobre os critérios envolvidos na colocação não-convencional de espaços em branco **13**
   Segmentação em enunciados falados e escritos **22**
   Segmentações não-convencionais como índices do funcionamento lingüístico da escrita infantil e de processos de subjetivação do escrevente **23**
   Observações finais **24**

2. **A segmentação não-convencional como marca de heterogeneidade da escrita** **27**

   A relação de convivência oral/escrito **27**
   A relação oral/escrito como marca de heterogeneidade da escrita **29**

Segmentação não-convencional e heterogeneidade da escrita **33**
O conceito de letramento **37**
Letramento e segmentações não-convencionais **41**
Os dados de segmentação não-convencional na escrita infantil **42**
Observações finais **44**

3. Um modo de olhar para segmentações não-convencionais **47**

Breve descrição do evento discursivo que cercou a produção dos textos **47**
O paradigma indiciário como modelo teórico-metodológico **52**
Eixos de representação da escrita **58**
Sobre a escrita em sua suposta gênese **59**
Sobre a escrita como representação do código escrito institucionalizado **63**
Observações finais **66**

4. A propósito de alguns "pequenos fatos" da escrita infantil **67**

As ocorrências de segmentação escrita não-convencional **67**
Processos motivadores das ocorrências de segmentação escrita não-convencional **87**
As segmentações não-convencionais e a totalidade de dados encontrados **129**

Considerações finais **135**
Referências bibliográficas **141**
Anexos **147**

*A todos que contribuíram, direta ou indiretamente, com
a produção deste trabalho, em particular:*

*a Willian, Jefferson, Guilherme,
Luciani Ester Tenani,
Maria Augusta Bastos de Mattos,
aos meus familiares e amigos,
a todos os colegas do Grupo de Pesquisa do CNPq*
Estudos sobre a linguagem *(coordenado pelo
prof. dr. Lourenço Chacon)
e à Capes, pelo financiamento concedido.*

*A Lourenço Chacon e a Elaine Cristina Oliveira
(amigos que desconhecem limites
para a generosidade e cumplicidade...).*

Hoje, também pelo esgotamento das combinações dos sete graus da escala diatônica (mesmo acrescentando alterações e tons vizinhos) esta prática desencadeia [...] uma estética do plágio, uma estética do arrastão. Podemos concluir, portanto, que terminou a era do compositor, a era autoral, inaugurando-se a era do plagiocombinador, processando-se uma entropia acelerada.

(TOM ZÉ. CD *Com defeito de fabricação*.
Gravadora Luaka Bop (EUA), licenciado
para a gravadora Trama, 1998.)

Introdução

O propósito deste livro[1] foi aceitar o desafio de "tomar como objeto de estudo a linguagem enquanto atividade do sujeito, enfrentando assim a indeterminação, a mudança, a heterogeneidade desse objeto que se refaz a cada instância do seu uso" (Lemos, 1982, p. 120). Dadas as múltiplas e diferentes faces sob as quais a linguagem se apresenta à investigação, optou-se por abordá-la pelo viés da aquisição da escrita[2]; interessaram, em particular, aspectos de segmentação na escrita infantil.

1. Este livro decorreu de reflexões feitas durante o curso de mestrado no Programa de Pós-graduação em Estudos Lingüísticos do Instituto de Biociências, Letras e Ciências Exatas de São José do Rio Preto – Ibilce-Unesp –, sob a orientação do prof. dr. Lourenço Chacon, que culminaram na dissertação de mestrado intitulada *Aspectos de segmentação na escrita infantil*. O texto que ora se apresenta não se trata do texto tal como foi produzido no contexto acadêmico. Foram feitas algumas modificações principalmente com o intuito de atenuar as características mais marcantes de uma dissertação de mestrado.

2. Por falta de uma expressão mais apropriada, usa-se a expressão *aquisição da escrita* para fazer referência a um determinado momento do processo de contato da criança com práticas orais e letradas. Entretanto, essa não é a expressão mais feliz, dado que parece pressupor simplesmente a existência de um sistema pronto a ser "adquirido" pela criança (cf. Abaurre, 1999). Além disso, tal expressão parece não contemplar a existência de uma relação complexa que envolve o *outro* como instância representativa da língua (e da escrita em particular), nem mesmo retrata a escrita na complexidade de seu funcionamento, tampouco considera a criança como sujeito escrevente.

A segmentação constitui um recurso ligado ao aspecto gráfico-visual do enunciado escrito que possibilita, de diferentes maneiras, a divisão do fluxo textual em porções menores – recursos como os espaços em branco entre palavras, espaços em branco referentes a parágrafos, unidades de escrita delimitadas por sinais de pontuação, entre outros. Observaram-se, de forma privilegiada, as segmentações que, convencionalmente, deveriam ser marcadas por meio de espaços em branco entre palavras.

Partiu-se de duas constatações: de um lado, da constatação, feita em diferentes trabalhos que – diretamente ou vinculados a outras reflexões – lidam com o fenômeno da segmentação na escrita infantil, de que em vários momentos as crianças conceituam a segmentação escrita de forma diferente dos critérios estabelecidos pelas convenções ortográficas e, nesses momentos, elaboram hipóteses conflitantes para segmentar suas escritas; de outro, da constatação, feita nesses mesmos trabalhos, de que, nos momentos em que as crianças elaboram hipóteses para segmentar a (sua) escrita, parecem se basear ora em percepções da fala, ora em percepções de características convencionais da própria escrita, ou ainda, como acrescenta Silva (1994), em uma convivência entre essas duas percepções.

Decorreu, dessas duas constatações, uma hipótese principal: as marcas lingüísticas de segmentação escrita, produzidas pelas crianças, que não coincidem com as ditadas pelas convenções ortográficas são marcas que apontam, ao mesmo tempo, para o funcionamento lingüístico da escrita infantil e para processos de subjetivação do escrevente.

Do primeiro aspecto constitutivo dessa hipótese – a saber, as marcas lingüísticas de segmentação não-convencional são marcas que apontam para o funcionamento lingüístico da escrita infantil –, resultou um primeiro objetivo, de caráter mais geral: indicar que esse funcionamento seria heterogêneo. Buscou-se mostrar que as marcas lingüísticas de segmentação escrita não-convencional são marcas de heterogeneidade da escrita infantil, heterogeneidade que se define, segundo Corrêa (1997), por um modo particular de entender a relação entre o oral e o escrito, vistos como práticas sociais e "inalienáveis à relação sujeito/linguagem".

Relativamente ao segundo aspecto constitutivo dessa hipótese – a saber, as marcas lingüísticas de segmentação não-convencional são marcas que apontam para processos de subjetivação do escrevente –, vale destacar que as segmentações não-convencionais poderiam ser tidas como momentos de *heterogeneidade mostrada,* ou seja, seriam "formas lingüísticas de representação de diferentes modos de negociação do sujeito falante [leia-se, também, escrevente] com a heterogeneidade constitutiva do seu discurso" (Authier-Revuz, 1990, p. 24). Com base em tal pressuposto, desenvolveu-se um segundo objetivo – esse também de caráter mais geral. Buscou-se mostrar que as segmentações não-convencionais que, geralmente, são tidas como "erros" ou "problemas" da escrita infantil são marcas lingüísticas que assinalam o posicionamento da criança enquanto sujeito da (sua) escrita.

De modo mais específico, o objetivo foi reconstruir, conjecturalmente, processos que poderiam ser motivadores do produto escrito que se tomou como material de análise – marcas lingüísticas de segmentação escrita não-convencional presentes em produções textuais realizadas em contexto escolar. Dito de outro modo, buscou-se identificar possíveis critérios envolvidos em decisões infantis sobre como segmentar. Além disso, observou-se como ou em que medida marcas de segmentação na escrita infantil que se distanciavam das normas ortográficas indicavam relações estabelecidas pelos escreventes entre suas práticas sociais orais e letradas.

Assim sendo, o Capítulo 1 tratou das bases para a investigação de aspectos de segmentação na escrita infantil, observando contribuições de autores que, direta ou indiretamente, abordavam aspectos desse fenômeno correlacionado, sobretudo, ao período tradicionalmente designado como "aquisição da escrita".

No Capítulo 2, apresentou-se a fundamentação teórica que permitiu entender as marcas de segmentação na escrita infantil como marcas de um modo de circulação por práticas sociais orais e letradas. Especialmente, foram feitas considerações a respeito de alguns aspectos do trabalho de Corrêa (1997) com o intuito de indicar a opção pelo entendimento de usos não-convencionais de espaços em branco como marcas de *heterogeneidade da escrita*.

No Capítulo 3, foi caracterizado o material escolhido para análise e explicitado o modo adotado para a discussão dos dados selecionados. Procurou-se, inicialmente, descrever o evento discursivo que cercou a produção dos textos que constituíram o material de pesquisa. Em seguida, foram apresentadas algumas considerações a respeito da opção pelo paradigma indiciário como modelo de análise com base, de um lado, em algumas formulações de Ginzburg (1989) e, de outro, em algumas reflexões concernentes a aspectos da aplicação desse modelo epistemológico no interior de estudos sobre a produção da escrita infantil, presentes em trabalhos desenvolvidos no IEL-Unicamp por pesquisadores associados ao Projeto Integrado de Pesquisa (CNPq) *A relevância teórica dos dados singulares na aquisição da linguagem escrita* (já finalizado). Com base na explicitação da opção teórico-metodológica pelo paradigma indiciário, indicou-se, por fim, como seriam analisados os dados de segmentação na escrita infantil que não coincidem com as convenções ortográficas.

No Capítulo 4, tentou-se reconstruir, conjecturalmente, processos que poderiam ser motivadores das marcas lingüísticas de segmentação escrita não-convencional. Mais especificamente, observou-se como ou em que medida tais marcas indiciavam possíveis relações estabelecidas pelos escreventes entre suas práticas sociais orais e letradas. Inicialmente, foram apresentadas as marcas lingüísticas de segmentação não-convencional encontradas no material privilegiado para análise e, subseqüentemente, foram apontados critérios que poderiam estar envolvidos nas decisões infantis sobre como segmentar. Promoveu-se também, com base na observação de tais dados, uma discussão fundamentada, sobretudo, em dois eixos de circulação dialógica do escrevente por um imaginário em torno da escrita, como propostos por Corrêa (1997).

Capítulo 1 — Bases para a investigação de aspectos de segmentação na escrita infantil

Questões relativas à segmentação não-convencional de textos, particularmente aos usos não-convencionais dos espaços em branco na escrita, têm sido abordadas em alguns trabalhos, particularmente nos voltados para o que se tem chamado de aquisição de escrita infantil. Esse interesse parece ser fruto, sobretudo, da crença de que os critérios de segmentação entre palavras de que se vale a ortografia são desconhecidos pelas crianças, que, ao ingressarem na escola, parecem não estar habituadas "à reflexão metalingüística que tal segmentação pressupõe" (Abaurre e Cagliari, 1985, p. 27), e também da constatação da freqüência com que ocorrem, nas produções escritas dessas crianças, ora ausência de segmentações, ora formas de segmentação diferentes e/ou distantes do esperado pelas convenções ortográficas.

Atendo-se a essas evidências, há trabalhos – como, por exemplo, o de Koch (1997) – que caracterizam a segmentação gráfica realizada de forma diferente pela criança como um problema da escrita infantil relacionado, diretamente, a interferências que o modelo de texto falado, já construído pela criança, produziria em sua escrita. Outros trabalhos – como, por exemplo, os de Cagliari (1993) e Abaurre e Cagliari (1985) – preocupam-se em mostrar que os "erros" cometidos pelas crianças referentes à segmentação dos enunciados diriam respeito a momentos de reflexão e construção de hipóteses sobre a escrita. Esses trabalhos procuram destacar que as crianças aplicam, na tarefa de aprender a escrever, "um trabalho de reflexão muito grande" que, por vezes, mostra "usos possíveis do sistema de escrita do português" (Cagliari, 1993, p. 137).

Há, por outro lado, trabalhos – como, por exemplo, os de Abaurre (1991, 1992 e 1996) e os de Silva (1994) – preocupados em identificar critérios utilizados por crianças em processo inicial de aquisição da escrita para a colocação de espaços em branco. Nesses trabalhos, acredita-se que entender possíveis critérios que subjazem às escolhas infantis poderia contribuir para uma investigação mais sistemática sobre aspectos lingüísticos envolvidos no processo de aquisição da representação escrita da linguagem.

Há, por fim, trabalhos – como, por exemplo, o de Abaurre e Silva (1993) – cujo enfoque não se centra apenas na identificação de critérios utilizados pelas crianças para a segmentação gráfica, mas, também, em critérios envolvidos na segmentação feita em enunciados orais e na relação que pode ser estabelecida entre estes e enunciados escritos. As seções seguintes tratam com maior especificidade cada uma dessas diferentes perspectivas.

A segmentação não-convencional como resultado de interferências do texto falado

O trabalho de Koch (1997) trata do que é considerado como interferências que o modelo de texto falado, já construído pela criança em fase inicial de aquisição da escrita, produziria em sua escrita. Parte-se do pressuposto de que o modelo de texto que a criança possuiria, nas séries iniciais de escolarização, seria o modelo do texto oral. Com base em um levantamento de diferenças entre o texto oral e o texto escrito, examina-se o que é interpretado como principais interferências do primeiro no segundo. Entre essas "interferências" figura o problema de segmentação gráfica.

Segmentações como *sabiacomoaranjar* (sabia como arranjar) ou *convoce* (com você) seriam resultado do que as crianças apreenderiam como *vocábulo fonológico* (conceito recolhido de Matoso Câmara). Já ocorrências como *em bora* (embora), *na quela* (naquela) ou *em com tado* (encantado) seriam resultado de tentativas das crianças de efetuar uma segmentação gráfica adequada "'picando' demais a palavra" (Koch, 1997, p. 37).

A afirmação de que o modelo de texto que a criança possui, nas séries iniciais de escolarização, seria o modelo do texto oral, associada à afirmação de que as segmentações escritas feitas pelas crianças de forma não-convencional seriam resultado de interferências desse modelo na escrita infantil, fica inviabilizada pela própria constatação de que as crianças fazem tentativas para realizar uma segmentação gráfica adequada, *picando demais as palavras.*

Explicando melhor: a segmentação gráfica é um recurso ligado ao aspecto gráfico-visual do enunciado escrito responsável pela divisão, de diferentes maneiras, do fluxo textual em porções menores. É, pois, uma característica essencialmente ligada ao modelo de texto escrito. Quando as crianças realizam tentativas de segmentação gráfica *picando demais as palavras*, não se baseiam na relação que a escrita mantém com a fala. Os exemplos citados acima poderiam ser explicados pela atuação de fatores ligados à inserção da criança em práticas letradas. Os pontos de corte, nesses dados, parecem ser momentos em que a criança reconheceu unidades que na escrita aparecem com freqüência separadas: ***em bora, na*** *quela* ou ***em com*** *tado*. A hipótese de atuação de informações ligadas à inserção da criança em práticas letradas fica ainda mais forte pelo fato de essas unidades não serem consideradas *palavras de conteúdo* e cujo reconhecimento, pela criança, é tido como mais difícil (cf. Ferreiro e Teberosky, 1991).

Não tomando as afirmações acima de forma definitiva e única, ter-se-ia, todavia, uma hipótese bastante produtiva para a explicação de alguns dados de segmentação gráfica não-convencional na escrita infantil, já que parece, realmente, que a percepção de aspectos da fala – entendida como fato lingüístico e prática social – atua nos momentos em que a criança ora deixa de colocar espaços em branco previstos pelas convenções ortográficas, ora os coloca excessivamente. É preciso assinalar que tal hipótese já era privilegiadamente desenvolvida por Cagliari (1993) e Abaurre e Cagliari (1985), quando procuravam explicar dados de segmentação escrita não-convencional presentes em textos espontâneos produzidos por crianças em processo de aquisição da escrita.

A segmentação não-convencional como momentos de reflexão e construção de hipóteses sobre a escrita

Cagliari (1993) analisa, entre outros fatos, "erros" ortográficos presentes em textos espontâneos de crianças de primeira série do ensino fundamental com o objetivo de explicitar, especialmente, como e por que as crianças cometeriam tais "erros". A preocupação principal é mostrar que o que a escola vem chamando de "erro" não diria respeito a dificuldades insuperáveis ou falta de capacidade das crianças, mas faria parte, precisamente, de um processo de aprendizagem da escrita: "a criança não procura copiar, mas representar o que ela imagina que seja a escrita" (Cagliari, 1993, p. 121). Os casos de segmentação não-convencional seriam, então, resultado de uma etapa do desenvolvimento infantil em que as crianças escreveriam com base no que imaginam ser a escrita. Observe-se que, nessa perspectiva, as conceituações infantis se sucederiam, embora não linearmente, até a apreensão do modelo adulto.

Os problemas de segmentação escrita são dispostos em dois subgrupos: juntura intervocabular e segmentação indevida. O primeiro trataria dos casos não-convencionais de segmentação em que a criança, seguindo critérios baseados em características da fala – principalmente o fato de a fala ser separada apenas quando marcada pela entoação do falante –, junta todas as palavras – como, por exemplo, em *eucazeicoéla* (eu casei com ela). O segundo subgrupo trataria dos casos não-convencionais de segmentação em que a criança, devido à acentuação tônica das palavras, separaria sua escrita de forma incorreta do ponto de vista ortográfico – como, por exemplo, em *a gora* (agora).

A segmentação escrita não-convencional, portanto, estaria associada, prioritariamente, à relação indevida, mas necessária, que a criança estabeleceria entre a fala e a escrita. Como foi assinalado anteriormente, nessa perspectiva, as crianças imaginam que a escrita seja, inicialmente, uma representação da fala. Assim, em sua escrita e particularmente nos momentos em que propõem segmentações não-convencionais, estariam tentando representar aspectos de sua fala como grupos tonais e/ou saliências tônicas.

Novamente, não tomando essas afirmações de forma definitiva e única, tem-se uma hipótese bastante produtiva: as segmentações não-convencionais podem ser resultado do que as crianças imaginam que seja a escrita. Restaria entender e explicar como elas imaginam a escrita, já que seria um equívoco supor que as crianças, que vivem em uma sociedade letrada como a nossa, representariam a escrita como uma mera transcrição da fala. Por mais limitada que tenha sido a inserção das crianças em práticas de letramento, existem bons motivos para acreditar que a representação que elas fazem da escrita é bastante complexa. Ou seja, embora em graus diversos, as crianças, ao entrarem na escola, diferenciam escrita e fala. Mesmo quando são encontradas produções escritas muito próximas das estruturas consideradas como típicas da fala, é sempre possível identificar a presença de elementos que pressupõem já a incorporação de aspectos convencionais, de escolhas de estruturas típicas da escrita, de modelos escritos (cf. Abaurre, 1987, p. 193).

Embora tratem, também, do papel desempenhado pela percepção fonética dos enunciados para as segmentações escritas infantis não-convencionais, Abaurre e Cagliari (1985) apontam outros fatores que pesariam em decisões infantis de como segmentar. Com relação aos problemas de segmentação escrita presentes em textos espontâneos produzidos por crianças de primeira série do ensino fundamental, defendem que, muitas vezes, o ponto de referência para os problemas com os quais as crianças se deparam no momento da produção de seus textos seria a percepção fonética dos enunciados que querem registrar por escrito. Mais especificamente, quando as crianças começam a produzir textos espontâneos, um dos critérios que utilizam quando segmentam menos do que a escrita exige – construindo seqüências como, por exemplo, em *umbripi* (um príncipe) e *tabeiquéro* (também quero) – seria o grupo tonal e subpartes desse grupo.

Abaurre e Cagliari (1985) afirmam, também, que as hipóteses dos aprendizes de escrita não são categóricas. Por estarem expostos a textos escritos, perceberiam que existem outros critérios em jogo para a segmentação dos enunciados. Fariam, portanto, outras hipóteses de segmentação além da fonética. É por essa razão que são freqüentemente encontradas, em textos produzidos pelas crianças, seqüências segmentadas mais do que o exigido pela ortografia, como, por exemplo, *ador mesida* (adormecida) e *é lalevãotou* (ela levantou). Nesses casos, parece ocorrer a atribuição, pelas crianças, de conteúdos semânticos específicos a subpartes de palavras.

É necessário acentuar que os casos em que a criança segmenta menos são associados, prioritariamente, às representações baseadas em aspectos da enunciação oral, particularmente aspectos como o grupo tonal e subpartes desse grupo. Já os casos em que a criança segmenta mais se uniriam, exclusivamente, aos aspectos da escrita observados pelas crianças – em particular, aos aspectos em que estariam em jogo as atribuições de conteúdos semânticos específicos a subpartes de palavras.

Abaurre (1991, 1992, 1996) e Silva (1994) partem de afirmações semelhantes quando se propõem a investigar quais critérios lingüísticos estariam envolvidos na colocação não-convencional, pelas crianças, de espaços em branco. A diferença entre estes trabalhos e aqueles é o fato de Abaurre (1991, 1992, 1996) e Silva (1994) considerarem que tais segmentações podem ter por bases critérios semânticos e fonéticos, critérios relativos a observações da própria escrita ou, ainda, todos esses critérios e outros, mais ou menos simultâneos, que manifestariam o que entendem por comportamento *epilingüístico*[1].

Sobre os critérios envolvidos na colocação não-convencional de espaços em branco

Com a preocupação principal de entender em que se baseavam as propostas de segmentação escrita de algumas crianças, Abaurre (1992) faz três observações importantes. Em primeiro lugar, a afirmação de que seria ingênuo supor que as crianças escreveriam como falam. Nos textos que examinou, nenhum caso foi encontrado que pudesse ser interpretado como uma mera tentativa de transcrição da fala, uma vez que "é possível identificar desde cedo a incorporação de aspectos convencionais, o que pode ser explicado pelo forte apelo social das atividades de escrita e leitura" (Abaurre, 1992, p. 137). Isso a leva a concluir que "Ninguém se programa para escrever 'como fala', seja em termos de usos das letras, e das suas relações com os sons, seja em termos de segmentação, seja em termos de escolhas das próprias estruturas lingüísticas" (Abaurre, 1992, p. 137).

Em segundo lugar, Abaurre (1992) sugere que o contato (maior ou menor) com atividades convencionais de es-

---

1. Segundo Silva (1994, p. 38): "Procedimentos epilingüísticos são hesitações, reelaborações, autocorreções etc., ou seja, são operações espontâneas com a linguagem feitas pela criança, numa atividade comunicativa, e resultam de sua progressiva tomada de consciência do objeto lingüístico". O autor empresta tal conceito a Karmillof-Smith (apud Silva, 1994, p. 38) e destaca que esse conceito, assim definido, parece adequado para nomear comportamentos lingüísticos não-sistemáticos encontrados em textos infantis (cf. Silva, ibidem).

crita – no contexto em que vivem as crianças – faria com que as crianças estivessem mais atentas aos aspectos convencionais dessa modalidade da linguagem. Esse poderia ser um fator condicionante para o aparecimento ou não de segmentações convencionais.

Por fim, afirma que os textos (ou trechos de textos) de escrita *espontânea*[2], mais distantes do modelo escolar, parecem ser mais propícios para o aparecimento de segmentações não-convencionais. Dentre esses textos, aqueles em que as crianças, quando narradoras, representam a fala dos personagens seriam mais propícios para o aparecimento de segmentações não-convencionais em que as crianças segmentam menos do que o exigido pelas convenções ortográficas. Analogamente, textos (ou trechos de textos) em que as crianças representam ou buscam representar o modelo de texto geralmente ensinado na escola seriam mais propícios para o aparecimento de segmentações mais próximas do esperado pelas convenções ortográficas.

Num outro trabalho, Abaurre (1991) trata, particularmente, de aspectos ligados às segmentações não-convencionais nas quais as crianças segmentam menos do que o esperado pela ortografia. Sugere que uma percepção de momentos contínuos não-segmentados da cadeia da fala poderia estar por trás das escolhas das crianças quando propõem seqüências hipossegmentadas. Segundo a autora, essa hipótese mostra-se interessante para os lingüistas, por um lado porque a análise desses dados poderia contribuir para a compreensão das relações estabelecidas pelos falantes entre a oralidade e a escrita e, por outro, porque esses

---

2. A definição de "texto espontâneo" não é consensual. Ora o termo *texto espontâneo* se refere a "textos produzidos pelas crianças em fase inicial de aquisição da escrita em situações em que é delas a responsabilidade da decisão sobre o que vão escrever (sem determinação prévia do professor, como nas atividades escolares mais controladas)" (Abaurre, 1991, p. 5), ora se refere a "qualquer produção escrita infantil que já reflete as intenções e opções da criança" (Abaurre, 1987, apud Silva, 1994, p. 26). A segunda acepção é utilizada privilegiadamente por Silva (1994) e a primeira, por Abaurre e Silva (1993).

dados poderiam validar unidades prosódicas propostas em modelos fonológicos não-lineares.

Para analisar os dados de hipossegmentação, Abaurre (1991) parte da constatação do que seria, à primeira vista, um problema trivial: o fato de a escrita do português basear-se em critérios morfológicos quanto à definição do lugar dos espaços em branco entre as seqüências de letras implicaria a necessidade de saber o que é uma *palavra*.

Segundo a autora, seria difícil para os adultos perceberem a natureza contínua dos enunciados por estarem condicionados por um uso prolongado da escrita e, geralmente, por interpretarem previamente a cadeia fonética da fala como sendo constituída por palavras separadas: "os adultos letrados parecem operar com representações dos enunciados que já incorporam todas as junturas morfológicas, o que talvez explique por que se tornam, de certa maneira, 'surdos' para as características mais contínuas dos enunciados orais" (Abaurre, 1991, p. 203).

Tal fato já não ocorreria com as crianças no início da aquisição da linguagem, as quais começariam a operar com um *input* contínuo, do ponto de vista fônico. Entretanto, ao manipular esse contínuo "elas estarão, a partir de um certo ponto, continuamente focalizando porções que por alguma influência contextual se tornam circunstancialmente salientes" (Abaurre, 1991, p. 204). Esse "dar-se conta" momentaneamente de determinadas "porções" do *input* significaria, em última análise, focalizar, recortar, segmentar. Com base em afirmações como essas, Abaurre supõe que as crianças começam a elaborar muito cedo e, talvez, inconscientemente alguma noção de palavra da língua baseada no contínuo lingüístico da fala. Mas reconhecer que as crianças já operariam com "porções" não significaria admitir que elas já compartilhariam dos critérios morfossintáticos e semânticos utilizados pelos adultos na identificação das palavras. Provavelmente, as crianças, sobretudo no início do processo de aquisição da escrita, ainda percebam a fala como um contínuo. O grau em que transporiam tal percepção para a escrita, segundo Abaurre (1991), deverá variar em função de fatores como idade, condição socioeconômica e, até mesmo, organização interna dos textos que as crianças estiverem elaborando.

Baseada num *corpus* constituído de centenas de textos produzidos por diversas crianças de diferentes escolas públicas e particulares, de pré-escolas e primeiras séries do ensino fundamental, a autora discute ainda alguns possíveis critérios que poderiam ter sido utilizados privilegiadamente pelas crianças em algumas seqüências hipossegmentadas encontradas nesse *corpus*:

(a) critérios ligados à percepção de grupos tonais – segundo Abaurre, esse critério seria utilizado, principalmente, por crianças menores, já que "algumas crianças muito novas tendem a segmentar menos, e a recorrer basicamente à sua percepção das unidades da fala" (Abaurre, 1991, p. 211). Para Abaurre (1991), os espaços em branco, "quando usados por essas crianças, parecem querer registrar, na escrita, pausas reais da fala" (Abaurre, 1991, p. 210);

(b) critérios ligados a princípios internos da organização textual – a autora observou que, em textos em que o discurso direto é representado em diálogos, as crianças tenderiam a segmentar mais nas passagens em que introduziriam os diálogos ou nas passagens em que se poderia dizer que a escrita representaria o discurso de um narrador em terceira pessoa. Destaca ainda que, nas passagens em que as crianças procurariam representar o discurso direto, segmentariam menos;

(c) critérios ligados à forma canônica da *palavra* em português – segundo Abaurre (1991), as palavras, no português brasileiro, podem receber um acento fonológico na antepenúltima, penúltima e última sílaba, sendo o acento na penúltima sílaba o mais freqüente, definindo, assim, "o padrão paroxítono de acento característico da maioria das chamadas palavras nativas da língua (i.e., diretamente derivadas do latim)" (Abaurre, 1991, p. 207).

Nos dados extraídos do *corpus* selecionado por ela, as soluções infantis não-convencionais mais freqüentes para os problemas relacionados à segmentação resultariam no que considera como "palavras não-convencionais" trissilábicas e dissilábicas paroxítonas, tais como, respectivamente, *porela* (por ela) e *mu pedi* (no pé de). A freqüência de ocorrências de palavras não-convencionais dissilábicas ou trissilábicas permite à Abaurre (1991) sugerir a hipótese de que, nesses momentos, as crianças poderiam estar operando com algum tipo de forma canônica da palavra na língua "para cujo estabelecimento pode estar contribuindo a percepção que já tem da organização rítmica e prosódica dos enunciados [...]" (Abaurre, 1991, p. 208). A autora reconhece, por trás de segmentações como essas, a influência dos pés binários trocaicos – constituídos de duas sílabas, sendo mais forte a primeira –, unidades rítmicas elementares da língua com base nas quais se estrutura o ritmo dos enunciados (cf. Abaurre, 1991);

(d) critérios ligados a fatores socioeconômicos e possíveis graus de letramento – Abaurre observou, na análise dos dados selecionados para o trabalho em questão, uma certa tendência de crianças de classe média e alta terem menos problemas de segmentação e maior domínio dos critérios convencionais. Isso parece decorrer do fato de essas crianças, geralmente, estarem imersas em ambientes nos quais presenciariam ou participariam de práticas sociais nas quais a escrita tida como convencional apareceria com alta freqüência. Para usar as palavras da autora: "O fato de algumas crianças demonstrarem uma tendência para segmentar mais e mais cedo pode talvez ser explicado em termos de uma exposição quantitativa e qualitativamente diversa com relação à escrita por parte dessas crianças" (Abaurre, 1991, p. 211).

Relativamente aos critérios lingüísticos que poderiam ser motivadores das segmentações não-convencionais propostas pelas crianças, Abaurre (1996) observa um possível *critério semântico*. Na análise que faz de alguns textos produzidos por crianças da primeira série do ensino fundamental, destaca que as segmentações não-convencionais (hipo e hipersegmentação) registrariam a manifestação de uma plasticidade semântica "freqüentemente explorada no espaço de suas virtualidades, a partir de parâmetros rítmico-entonacionais previamente estabelecidos" (Abaurre, 1996, p. 147).

Para Abaurre, essa plasticidade, "se não se manifesta em grau semelhante na linguagem adulta, é porque esse uso já está aí regulado pela história da constituição social dos significados lingüísticos" (Abaurre, 1996, p. 147). Entretanto, considera que, mesmo na linguagem adulta, "é possível flagrar momentos em que, valendo-se dessa plasticidade virtual, o falante fornece indícios de ter segmentado e analisado semanticamente o contínuo da fala de maneira idiossincrática" (Abaurre, 1996, p. 147)[3].

Vários aspectos levantados por Abaurre em trabalhos expostos acima são abordados por Silva (1994), quando toma a segmentação como aspecto privilegiado para refletir sobre a escrita espontânea de crianças da primeira série do ensino fundamental. Silva (1994) realiza uma análise preliminar com vistas a levantar algumas hipóteses sobre os aspectos da fala possivelmente envolvidos nos critérios de segmentação utilizados pelas crianças na elaboração de seus textos[4].

---

3. Além de segmentarem por vezes "o contínuo da fala de maneira idiossincrática", os adultos usam o que Abaurre toma como *plasticidade virtual* para "brincar" com a língua. Ver, por exemplo, o trabalho de Tenani (2000), que trata de alguns mecanismos lingüísticos que sustentariam o que a autora chama de efeito de humor de piadas: neste trabalho, ela focaliza mecanismos lingüísticos de natureza fonológica e mostra como a interpretação adequada de uma piada ou adivinha dependeria de uma nova relação de proeminência na segmentação do enunciado. A autora argumenta, entre outros fatos, que a possibilidade de duas segmentações de uma mesma cadeia fônica – mecanismo básico das piadas analisadas por ela – estarem presentes nos textos chistosos mostraria "não só uma forma de dizer o que é proibido socialmente (sexualidade, racismo), mas também a dificuldade/habilidade do sujeito em operar com sua própria língua, que não é um 'código perfeito', mas cheio de 'armadilhas'" (Tenani, 2000, p. 2).
4. Neste estudo transversal, baseado na análise de um *corpus* constituído por 70 textos com "problemas de segmentação", produzidos por diferentes crianças, Silva

À luz dos critérios utilizados por Silva (1994) em sua análise, e das conclusões a que chega a respeito das decisões sobre segmentação tomadas pelas crianças em suas produções textuais, é possível afirmar que o estudo levado a efeito por esse autor foi mais amplo do que seu objetivo inicial. Em outros termos, mais do que levantar algumas hipóteses sobre aspectos da fala possivelmente envolvidos nos critérios de segmentação utilizados pelas crianças na elaboração de seus textos, sugere uma série de outras hipóteses sobre as tentativas de escrita infantil que não se baseariam exclusivamente em aspectos da enunciação oral.

Logo de início, o autor ressalta, acertadamente, que a criança, de seu ponto de vista, formula e reformula hipóteses sobre a escrita não só por projetar aspectos do conhecimento que adquiriu em suas práticas de linguagem orais, mas também por envolver-se em situações de interação com a escrita – em casa ou na escola, através de observação espontânea ou treinamentos.

Ressalta também que, durante o processo de construção da escrita, esta se apresentaria à criança como muito mais complexa do que uma simples transcrição da fala. Entretanto, por desconhecer os critérios ortográficos de segmentação – a criança, segundo Silva, ignora que a separação em espaços em branco no nosso sistema de escrita é feita com base em unidades morfológicas – e, por isso, não conseguir detectar o término de uma palavra e início de outra – já que, no fluxo da linguagem oral, as palavras soam como encadeamentos indiferenciados –, a criança, quando segmenta seu texto, utilizaria critérios diferentes, baseados em possibilidades virtuais do nosso sistema de escrita que denotariam não só percepções da fala, como também hipóteses fundadas em percepções da própria escrita. Dito de outra maneira: "Além de representações gráficas baseadas, provavelmente, na percepção da pronúncia de unidades da lin-

---

(1994) analisa, com base no modelo sociointeracionista de Lemos (1982), principalmente os casos de segmentação não-convencional categorizados como hipossegmentação (junção de duas ou mais palavras) e hipersegmentações (separação além da prevista pela ortografia) na escrita infantil.

guagem oral, é possível identificar a presença de elementos que pressupõem a incorporação de modelos convencionais escritos" (Silva, 1994, p. 22).

Além dessa conclusão principal, Silva (1994) destaca que a análise lingüística dos dados levantados permitiu constatar que:

(a) as formas idiossincráticas de segmentação, sobretudo as hipossegmentações, ocorreriam em situação de *fala expressiva*[5], ou seja, para a estrutura da cartilha, a criança adotaria uma representação convencional (já incorporada), enquanto, para a expressividade da linguagem oral, adotaria outra[6];
(b) as hipossegmentações parecem muitas vezes resultar da percepção da pronúncia de grupos tonais e grupos de força, atuando ambos como referenciais para a definição de unidades de escrita para a criança;
(c) num primeiro momento do processo de aquisição da escrita, hipossegmentações por grupos tonais parecem, para algumas crianças, preceder as hipossegmentações por grupos de força e hipersegmentações;
(d) as hipersegmentações poderiam decorrer não só da percepção da escrita[7], como também de um componente

---

5. Silva (1994) observa que o que chama de *fala expressiva*, presente nos textos infantis, aparece mais em *situações dialógicas*: para o autor, situações dialógicas referem-se a alguns tipos de textos encontrados em seu *corpus* em que as crianças propõem diálogos entre as personagens de sua história. "Os turnos dialógicos incorporados aos vários textos revelam que algumas crianças parecem hipossegmentar mais quando, como narradoras, procuram representar a fala de suas personagens" (Silva, 1994, p. 56). Destaca ainda que isso ocorreria, particularmente, nos momentos de discurso direto, já que nos textos em que as crianças, ao representar a fala de um personagem, incorporam a fala desta última à sua (discurso indireto) as hipossegmentações parecem ocorrer menos.
6. Observação semelhante é feita por Cagliari (1993) e por Abaurre e Cagliari (1985). Para esses autores, os "erros" podem ser encontrados mais facilmente em textos em que os alunos escrevem livremente (textos, portanto, mais espontâneos). Em atividades com palavras ou frases já treinadas, cópias ou outras atividades dirigidas, dificilmente o professor conseguiria encontrar tais erros.
7. Nas ocorrências em que informações já incorporadas pelas crianças sobre a escrita atuariam nas segmentações feitas por elas, Silva (1994) identifica: (i) casos em

tônico da fala ou de uma convivência entre a percepção escrita e um componente tônico da fala; e
(e) os procedimentos epilingüísticos desempenhariam um papel constitutivo no processo de aquisição da escrita.

Parece, à luz do que precede, que, nos textos analisados por Silva (1994), os casos de hipossegmentação seriam mais recorrentes e antecederiam os de hipersegmentação, embora o autor não tenha feito uma pesquisa com caráter longitudinal que pudesse sustentar tal afirmação. Além disso, os primeiros parecem decorrer, exclusivamente, da percepção da criança de aspectos do que entende como fala – tendo-se em vista que nenhum caso de hipossegmentação foi concebido como resultado de percepções da escrita –, enquanto os segundos (hipersegmentações) decorreriam, particularmente, de percepções da escrita (note que, durante sua análise, Silva aponta apenas uma situação em que um componente tônico da fala teria atuado como referencial para a segmentação escrita proposta pelas crianças: os casos em que a sílaba tônica atuaria como um marcador de possível ponto de corte).

Com relação especificamente à hipótese (a), ou seja, as formas idiossincráticas de segmentação, sobretudo as hipossegmentações, ocorreriam em situação de *fala expressiva*, os dados reunidos neste livro – como será possível mostrar no Capítulo 4 – não permitem endossar a postura assumida por Silva (1994). Dito de outra forma: quando esse autor afirma que o texto espontâneo (e apenas ele) é "marcado pela expressividade própria da linguagem oral da criança nessa fase" (Silva, 1994, p. 27), incorre, aparentemente, em dois equívocos: (i) entender que apenas o texto espontâneo é expressivo; e (ii) entender que essa expressividade

---

que as crianças inferem que unidades gráficas como *a, o, um* etc. podem ser autônomas na escrita; (ii) casos em que a criança interrompe o gesto de escrever para tomar decisões sobre a adequação de um determinado símbolo ou forma gráfica de uma determinada palavra; e (iii) casos em que ocorre o reconhecimento de subpartes conhecidas pela criança, como em *felicidade* (feliz + cidade).

se deve ao fato de a escrita infantil ser, na verdade, uma "fala escrita" – conceito emprestado, por Silva, a Britton (apud Silva, 1994, p. 27) – e assim sugerir, conseqüentemente, que apenas a fala seria expressiva – ou seja, somente a fala poderia *expressar atitudes emocionais* do falante, fazendo com que ele enfatize, ou não, parte de um enunciado de acordo com o seu *estado de espírito*.

Entre as conclusões desse autor, a sua principal contribuição é a observação do caráter de movimento da escrita infantil: nos textos analisados por Silva, as crianças recorreriam, quando propõem segmentações para seu texto, ora a seus conhecimentos acerca da linguagem oral, ora a seus conhecimentos acerca da linguagem escrita – particularmente os mais convencionais, ou institucionalizados – e, ainda, a uma convivência entre esses dois fatores.

Segmentação em enunciados falados e escritos

Na pesquisa levada a efeito por Abaurre e Silva (1993) sobre "a relevância dos dados relativos aos 'recortes' feitos pelas crianças em enunciados orais e escritos para a compreensão do modo como elas percebem, em diferentes momentos de seu desenvolvimento lingüístico, a relação entre a linguagem e a realidade por ela representada" (Abaurre e Silva, 1993, p. 89), é examinada, particularmente, a hipótese de que as crianças, em segmentações na fala e na escrita, muitas vezes estariam ainda "tentando recortar a própria realidade, buscando identificar, no espaço de um mundo factual, aspectos que possam merecer o estatuto de 'entidades de existência autônoma'" (Abaurre e Silva, 1993, p. 97). Os autores procuram, pois, investigar em que medida as segmentações (recortes) feitas pelas crianças na fala e na escrita implicariam o reconhecimento dos enunciados da língua como diversos dos aspectos da realidade a que eles fazem referência.

Dessa perspectiva, considera-se que inicialmente as crianças não conseguiriam atribuir a alguns elementos da língua⁸ estatuto autônomo, com direito de recorte próprio da realidade, e produziriam assim escritas hipossegmentadas. Entendem que os contornos prosódicos, perceptíveis em sua materialidade fônica, poderiam contribuir para que as crianças, em fase inicial de aquisição da linguagem oral e/ou escrita, começassem, em algum momento, "a perceber que estão recortando não apenas sua representação da realidade, mas também a linguagem, sistema simbólico através do qual tal representação adquire expressão e materialidade" (Abaurre e Silva, 1993, p. 101).

As segmentações propostas, inicialmente, pelas crianças acabariam contribuindo para o longo processo que leva ao reconhecimento da própria linguagem como separada da realidade que simboliza. Note que a preocupação refere-se a aspectos semânticos envolvidos nas segmentações escritas infantis, já que a crença é a de que, no período pré-escolar, a atividade de recortar o mundo e a linguagem seriam duas faces do mesmo processo. Os exemplos citados constituiriam, pois, fragmentos ilustrativos de um possível *critério primordial* para os casos de hipossegmentação em que as crianças proporiam, de início, segmentações baseadas em recortes da realidade.

Segmentações não-convencionais como índices do funcionamento lingüístico da escrita infantil e de processos de subjetivação do escrevente

Julgamos importante sintetizar as discussões até o momento feitas sobre a *segmentação na escrita infantil*.

Quanto às contribuições mais importantes relativas à segmentação na escrita infantil, podemos assim sintetizá-las: (i) em vários momentos as crianças conceituam a seg-

---

8. Artigos, pronomes, clíticos, conjunções, formas auxiliares do verbo, preposições e advérbios, bem como casos como os apresentados por Huttenlocher (1964, apud Abaurre e Silva, 1993), nos quais as crianças, em situações experimentais, não segmentavam seqüências como *man-runs*, *red-apple* e *she-went*.

capítulo 1 • **23**

mentação escrita de forma bastante diferente dos critérios estabelecidos pela ortografia; (ii) as propostas de segmentações não-convencionais – diferentes dos critérios ortográficos – são resultado de hipóteses conflitantes; e, por fim, (iii) as hipóteses conflitantes parecem ser resultado do tipo de aspecto em que a criança se apóia: ora em aspectos da fala, ora em percepções de características convencionais da própria escrita, ou ainda, como acrescenta Silva (1994), em uma *convivência* entre essas duas percepções.

Acrescente-se a essas importantes contribuições o fato de a maioria dos trabalhos apresentados preocupar-se em não tomar a segmentação escrita feita de forma não-convencional pela criança como erro. Tal segmentação seria, pois, resultado de hipóteses construídas pelas crianças em seu processo de aquisição, construção e/ou desenvolvimento da escrita. Esse distanciamento da noção de erro é bastante positivo, já que com ele mostra-se que, por trás do que se tem tradicionalmente apontado como erro, existiria, na verdade, trabalho da criança.

Com base no conjunto de trabalhos apresentados, é possível propor que as segmentações não-convencionais parecem constituir índices do funcionamento lingüístico da escrita infantil e de processos de subjetivação do escrevente. As reflexões feitas a partir desses trabalhos permitem, igualmente, sugerir que os usos não-convencionais de espaços em branco podem ser interpretados como marcas de *heterogeneidade da escrita* – heterogeneidade esta que se define por um modo particular de entender a relação entre o oral e o escrito vistos como práticas sociais e "inalienáveis à relação sujeito/linguagem" (Corrêa, 1997).

Observações finais

Optou-se por entender os espaços em branco da escrita como signos e/ou sinais gráficos – cujo funcionamento relacionar-se-ia, sobretudo, ao aspecto gráfico-visual do enunciado escrito – responsáveis pela divisão, de diferentes maneiras, do fluxo textual em porções menores. Com base nessa definição, fez-se referência, neste capítulo, a alguns trabalhos que tratavam de usos não-convencionais de espaços em branco entre palavras na escrita infantil e assim, com base em afirmações presentes nesses trabalhos, sugeriu-se que segmentações não-convencionais presentes em produções escritas infantis podem constituir índices do funcionamento lingüístico da escrita infantil e de processos de subjetivação do escrevente.

No capítulo seguinte, examina-se a fundamentação teórica que permitiu entender as marcas de segmentação na escrita infantil como marcas de um modo de circulação por práticas sociais orais e letradas. Especialmente, tecem-se considerações a respeito de alguns aspectos do trabalho de Corrêa (1997) com o intuito de explicitar melhor a opção pelo entendimento de usos não-convencionais de espaços em branco como marcas de *heterogeneidade da escrita*. Neste mesmo capítulo, indica-se como preferencialmente serão entendidos os conceitos de *letramento* e *segmentação não-convencional*, conceitos que merecem atenção especial.

Capítulo 2 **A segmentação não-convencional como marca de heterogeneidade da escrita**

A relação de convivência oral/escrito

A natureza da relação entre fala e escrita ou, numa outra formulação, entre oralidade e letramento[1], constitui matéria de reflexão em diferentes áreas de pesquisas que, de uma forma ou de outra, têm se dedicado à compreensão de questões que envolvem a linguagem. Abaurre (1999) sugere a existência de "duas posições extremas" no que se refere à abordagem da relação oralidade/escrita no tratamento de escritas infantis. Essas duas perspectivas mais tradicionais são definidas como: (a) a tese da dependência radical da escrita à fala; (b) a tese da autonomia radical da escrita com relação à oralidade.

1. Nos trabalhos que tratam de questões que, de alguma forma, discutem a relação oralidade/letramento e/ou fala/escrita, não há consenso quanto à terminologia utilizada. Em muitos desses trabalhos, são encontrados diferentes termos ou pares terminológicos, como fala/escrita, oralidade/escrita e, poucas vezes – talvez em função do uso recente do termo *letramento* –, oralidade/letramento. A própria diversidade terminológica constitui um indício das diferentes perspectivas teóricas adotadas. Neste livro, optou-se por utilizar esses conceitos tal como foram definidos em Corrêa (1997). Para o autor, todo fato lingüístico (falado/escrito) vincula-se a uma prática social (oral/letrada), ou seja, todo fato lingüístico é também uma prática social. Em razão dessa opção teórica, as referências à fala, à oralidade, à escrita ou ao letramento devem ser interpretadas como referências a fatos lingüísticos e práticas sociais.

A primeira referir-se-ia aos trabalhos que postulavam a escrita como "colada" à oralidade; já a segunda, aos trabalhos que entendiam que a escrita estava imune aos efeitos da oralidade, "por se tratar de uma modalidade que ao longo do seu percurso evolutivo teria já rompido quaisquer vínculos com o oral" (Abaurre, 1999, p. 172).

Mais recentemente, todavia, alguns trabalhos têm procurado refletir sobre a relação oralidade/letramento e/ou fala/escrita de uma perspectiva que entende essas práticas numa relação interativa, reflexões feitas não apenas a propósito do que se tem chamado tradicionalmente de aquisição da linguagem – oral ou escrita. Assim, existem alguns trabalhos em áreas dedicadas a pesquisas culturais/históricas (cf. Graff, 1994, e Havelock, 1997) e na área da pesquisa lingüística (cf. Collins e Michaels, 1991, Lemos, 1988, Abaurre, 1999, Tannen, 1982, Biber, 1988, Marcuschi, 2001, Tfouni, 1994 e 2000, Signorini, 1999, entre outros) que aludem, às vezes de forma explícita, às vezes nem tanto, à existência de uma relação não-dicotômica entre oralidade/letramento.

Esses trabalhos, ao concordarem com a existência de um relacionamento não-dual entre essas práticas, sugerem, de diferentes maneiras, que a simples oposição oral/escrito, fala/escrita e/ou oralidade/letramento não seria suficiente para explicar o complexo relacionamento entre as práticas letradas e orais da linguagem. Sustentam que seria mais produtivo aceitar que tanto pode haver características orais no que se convencionou chamar de discurso escrito, quanto características escritas no que se convencionou chamar de discurso oral (cf., particularmente, Tfouni, 1994, p. 56).

Entretanto, embora entendam o oral e o escrito como fatos relacionados, tendem, em geral, a tratá-los como fatos que seriam, em sua origem, independentes. Em outros termos, existiriam, nas práticas orais e letradas, textos e/ou enunciados que poderiam ser qualificados como unicamente orais e/ou unicamente escritos.

Considera-se, contrariamente, que tanto o que se tem agrupado sob o conceito de fala/oralidade quanto o que se tem agrupado sob o conceito de escrita/letramento são, em medidas diversas, produtos da interação, interpenetração, atravessamento, tensão, equação – entre outras tantas palavras que sugerem uma relação não-polar – de um complexo relacionamento entre práticas sociais orais e letradas.

Essa afirmação ancora-se, sobretudo, no que Corrêa (1997 e 2001) define como *heterogeneidade da escrita*. Na seção seguinte, particulariza-se a atenção na discussão desse conceito, de um lado por se considerar que ele assinala, de forma surpreendente, vínculos entre práticas orais e letradas da linguagem e, de outro, por ele constituir uma opção para o entendimento de dados não-convencionais de segmentação na escrita infantil.

A relação oral/escrito como marca de heterogeneidade da escrita

Na construção do conceito que denomina inicialmente como *o modo heterogêneo de constituição da escrita*, Corrêa (1997) toma por base, de um lado, a crítica que faz ao que entende como "dicotomias radicais" – no que se refere ao tratamento da relação entre o oral e o letrado e o falado e o escrito – e, de outro, a observação que faz do que denomina como "dicotomização metodológica" – no que se refere também ao tratamento da relação entre o oral e o letrado e o falado e o escrito. Precisemos, sucessivamente, esses dois momentos de sua argumentação em favor do *modo heterogêneo de constituição da escrita*.

Corrêa (1997) destaca que a postura definida por ele como "dicotomia radical" seria adotada, por exemplo, por autores como Goody (apud Corrêa, 1997, p. 27) e Olson (apud Corrêa, 1997, p. 27). Tal postura se sustentaria "tanto na afirmação de mudanças radicais nos conteúdos e nos modos de interação verbal a partir do uso dos primeiros registros escritos [Goody, 1979], como na firmação de um papel decisivo da escolarização, que teria levado a uma crescente autonomia do *texto* (escrito) em relação ao enunciado (*falado*) [Olson, 1977]" (Corrêa, 1997, p. 27).

Essas duas afirmações são ilustrativas de uma posição teórica que conceberia a relação entre o oral e o escrito como uma relação entre pólos opostos. Para Corrêa (1997), é possível dizer que "é a partir da criação dessa dimensão entre dois pólos opostos que se desenvolveu a reflexão mais significativa a respeito da relação entre o oral e o letrado tanto na produção de textos escritos, como na produção de textos falados" (Corrêa, 1997, p. 27).

Crítico dessa posição, Corrêa (1997) acredita que, embora seja necessário reconhecer metodologicamente a diferença entre o oral e o escrito, esse reconhecimento não deveria implicar a postulação de uma oposição radical entre o oral/falado e o letrado/escrito. Não caberia, pois, atribuir primazia à fala ou à escrita, como têm feito estudiosos como Goody e Olson (apud Corrêa, 1997, p. 19). Seria necessário admitir que existem diferenças entre fala e escrita, embora elas não se sustentem, como parece ocorrer em muitas pesquisas que lidam com o fenômeno das diferenças entre oral/falado e letrado/escrito, nos materiais significantes – fônico-acústicos e gráfico-visuais – dessas práticas.

Com relação ao segundo momento de sua argumentação em favor do *modo heterogêneo de constituição da escrita*, Corrêa (1997), tendo por base formulações, principalmente, de Tannen (1982), Chafe (1982 e 1985), Street (1994), Biber (1988), entre outros, destaca que esses autores, de diferentes maneiras, abordam a relação entre o oral e o letrado e o falado e o escrito fazendo uma utilização metodológica da dicotomização. Essa postura, em sentido lato, afirmaria as diferenças sem postular a dicotomia entre o oral/falado e o letrado/escrito.

A posição adotada por Corrêa (1997) está ligada preferencialmente a essa utilização metodológica da dicotomia entre o oral/falado e o letrado/escrito. Entretanto, utiliza metodologicamente a dicotomia não para propor, como fizeram Biber (1988) e Marcuschi (2001), uma compartimentação de gêneros em um contínuo tipológico, mas para propor *o modo heterogêneo de constituição da escrita*. Com isso, procura fugir tanto da postulação de uma dicotomia radical entre o oral/falado e o letrado/escrito, quanto de um trabalho específico com a dicotomização metodológica. Na verdade, esse *modo heterogêneo de constituição da escrita* leva o autor a propor "na linha que assume Street para o oral/letrado – um processo de mixagem, isto é, um processo de agrupamento do heterogêneo dos fatos lingüísticos do falado e do escrito" (Corrêa, 1997, p. 46).

O *modo heterogêneo de constituição da escrita* está ligado, pois, fundamentalmente, a uma "particularização, para o domínio da escrita, do encontro das práticas orais/faladas e letradas/escritas" (Corrêa, 1997, p. 34). Para Corrêa (1997 e 2001), a relação oralidade/fala/letramento/escrita constitui, então, a própria heterogeneidade **da** escrita – e não a heterogeneidade **na** escrita –, o que equivale a dizer que a heterogeneidade é concebida como constitutiva da escrita, não como uma característica pontual e acessória desta.

Com essa formulação, o autor pretendia evitar, por um lado, entender a relação entre o falado e o escrito como uma questão de interferência, "fato que traria, implícita, a consideração de ambas as modalidades como puras" (Corrêa, 1997, p. 86). Buscava, inversamente, observar o modo heterogêneo de constituição da escrita na relação que o sujeito mantém com a linguagem, ou seja, levando em conta as representações que o escrevente constrói sobre a (sua) escrita, sobre o interlocutor e sobre si mesmo.

Por outro lado, procurava também distanciar-se de avaliações estereotipadas sobre a escrita, particularmente "aquelas avaliações que tomam como parâmetro um modelo abstrato – literário ou não, de boa escrita" (Corrêa, 1997, p. 86). Contrariamente, tencionava mostrar que "a consideração desse modo heterogêneo pode ser útil como uma contraposição ao preconceito comum com que se tomam as produções escritas consideradas como menos integradas a um padrão tido como legítimo" (Corrêa, 1997, p. 86).

Na proposição desse conceito, constrói, metodologicamente, um lugar para observação do fenômeno do encontro entre essas práticas, que nos referidos trabalhos compõe-se de três eixos de representação da escrita nos quais Corrêa acredita que os escreventes de um modo geral e, particularmente, os escreventes estudados por ele – estudantes em situação de vestibular – circulariam em sua prática textual escrita: (1) o da representação que o escrevente faz sobre o que imagina ser a gênese da (sua) escrita; (2) o da representação que o escrevente faz sobre o que imagina ser o código escrito institucionalizado; e (3) o da representação que o escrevente faz da escrita em sua dialogia com o já falado/escrito e com o já ouvido/lido[2].

Para Corrêa, o foco é a caracterização do fenômeno do encontro entre práticas orais e letradas. Para o autor, seria *sempre* "o produto do trânsito entre práticas sociais orais/faladas e letradas/escritas que nos chega como material de análise do modo de enunciação falado e do modo de enunciação escrito" (Corrêa, 2001, p. 142). Ou seja, não existiriam textos e/ou enunciados que poderiam ser caracterizados como essencialmente orais ou essencialmente escritos; todos são, em verdade, produtos de um modo heterogêneo de constituição.

Com o intuito de defender seu posicionamento, Corrêa (1997) reúne inúmeras marcas lingüísticas desse modo heterogêneo de constituição da escrita e, entre elas, algumas marcas lingüísticas de segmentação escrita – hipo e hipersegmentação – presentes em redações do vestibular da Unicamp analisadas por ele. São apresentados, na seção seguinte, dois momentos, no trabalho de Corrêa (1997), em que a segmentação escrita é tematizada e identificada como um indício de heterogeneidade da escrita.

2. No capítulo seguinte, trata-se mais detidamente desses eixos de circulação dialógica do escrevente, já que é com base nessa utilização metodológica da dicotomia entre o oral/falado e o letrado/escrito que se pretende observar as marcas lingüísticas de segmentação escrita não-convencional presentes em produções textuais infantis.

Segmentação não-convencional e heterogeneidade da escrita

Corrêa (1997) considera as ocorrências de hipossegmentação como um caso particular de relação, estabelecido pelo escrevente (o vestibulando), entre a prosódia e a ortografia. A hipossegmentação na escrita dos vestibulandos estaria preferencialmente, embora não exclusivamente, ligada ao aspecto da representação da *gênese da escrita*. Dito de outro modo, a hipossegmentação é concebida como um caso de orientação fonética da escrita que indiciaria um momento de circulação do escrevente pelo que imagina ser a gênese da (sua) escrita. Observe-se um dos exemplos citados pelo autor:

> Os jovens por não terem formação intelectual por desinterece de ambos os landos (sic) tanto de si próprio, quanto por parte de seus governantes no caso do Brasil.
> Não conseguem expressar sua revolta de forma criativa, convincente e global.
> **Apartir** dessa falta de instrução criam-se as "Gangs" que por sua vez determinam as normas na base da violência (Corrêa, 1997, p. 229).

Corrêa (1997) ressalta que é difícil provar, ao contrário do que faz Silva (1994) para a escrita infantil, que as hipossegmentações, presentes nos textos de vestibulandos, ocorrem em momentos de maior *expressividade* da escrita. Nesse exemplo, a hipossegmentação resultaria de uma reprodução gráfica de grupos compostos pela junção de clíticos que dependem, quanto à acentuação, das palavras que os seguem. Com relação à expressividade advogada por Silva (1994) para casos semelhantes na escrita infantil, Corrêa salienta que apenas é possível supor que teria havido "uma fossilização desses momentos de expressividade da escrita infantil, os quais, sem uma oportuna atenção que fizesse o escrevente caminhar no seu processo de aquisição da escrita, podem ter resultado numa escrita adulta inconsistente em termos de convenções ortográficas" (Corrêa, 1997, p. 230).

Corrêa (1997) analisa também outros casos de hipo e hipersegmentação quando trata do que define como representações que o escrevente faz sobre a (sua) escrita com base no código escrito institucionalizado[3]. Nesses casos, os exemplos contrastam com os mencionados acima. Especificamente quanto aos casos de hipersegmentação, os vestibulandos, alvos da pesquisa de Corrêa (1997), tomariam os procedimentos e as convenções ortográficas, para usar as palavras do próprio autor, *ao pé da letra*.

Embora não se trate de escrita infantil, tais dados mostram, segundo Corrêa (1997), o que Silva (1994) descreve como "uma convivência entre a percepção da escrita e um componente tônico da fala como marcadores de possíveis pontos de corte para a criança" (Silva, 1994, p. 75). Baseado em Silva, Corrêa enfatiza ainda que hipersegmentações como *de mais*, e *em baixo*, presentes na escrita de vestibulandos, "mostram como podem ficar preservados tanto as marcas do contato com a escrita quanto os critérios intuitivos incorporados para a segmentação de um enunciado escrito" (Corrêa, 1997, p. 329).

---

3. Corrêa (2004) afirma que "ao compor a expressão 'código escrito institucionalizado' a palavra 'código' não remete [...] nem ao processo de codificação da língua pela escrita, nem à tecnologia da escrita, identificada, em geral, com a escrita alfabética; nem tampouco supõe, como trabalho de interpretação semiótica, a simples 'decodificação' de um produto acabado" (Corrêa, 2004, p. 10). Com essa expressão, o autor pretende "significar o processo de fixação metalingüística da escrita pelas várias instituições, sujeito, portanto, aos movimentos da história e da sociedade" (Corrêa, 2004, p. 10). Segundo o autor, como, nesse sentido, a institucionalização do código teria uma natureza *dinâmica*, é preciso excluir de consideração "qualquer menção a um produto acadêmico fechado, evitando, inclusive, restringir sua institucionalização apenas à escola" (Corrêa, 2004, pp. 10-1). Conclui que a representação que o escrevente faz do código escrito institucionalizado "deve ser entendida como a representação que ele faz do institucionalizado para a (sua) escrita, ficando aberta, portanto, a consideração de representações particulares, localmente atuantes" (Corrêa, 2004, p. 11).

Vejamos, a seguir, um outro exemplo analisado por Corrêa que comporta um dado de escrita hipossegmentado:

> Bem que o mundo onde vivemos, poderia ser melhor sem violência; mortes, drogas, e tudo de ruim que existe nesta vida, eu cresci no meio de muita violência, drogas, mas não tenho **nada haver** com isso, prefiro levar a minha vidinha tranqüila, vendendo balas nos faróis e catando papel na rua... (texto 01-044) (apud Corrêa, 1997, p. 330).

No que se refere a esse dado, Corrêa (1997) assinala que ele destoa do que comumente se espera, a saber, que o escrevente esteja, como a criança na escrita espontânea, tentando "representar graficamente um trecho de um discurso seu" (Silva, 1994). Afirma que parece ser, ao contrário, o contato com a escrita e com as recomendações passadas durante anos de escolarização que determina a segmentação proposta pelo escrevente (cf. Corrêa, 1997, pp. 330-1).

Um dos empregos do "h" ocorre no início de certas palavras, como "haver", em uso ligado à etimologia e à tradição escrita do português. Para o autor: "Parece ser essa tradição que está sendo buscada nesse caso especial de hipossegmentação levada a efeito pelo escrevente, forma de atender às insistentes recomendações das tarefas escolares" (Corrêa, 1997, p. 331). A hipossegmentação em *nada haver* resultaria, pois, da imagem que o escrevente faz do *código escrito institucionalizado* e da superestimação do interlocutor que o escrevente constitui para a sua escrita.

Também a criança, nos momentos em que separa menos do que o esperado pelas convenções ortográficas, não está, exclusivamente, tentando "representar graficamente um trecho de um discurso seu" (Silva, 1994). Na escrita infantil, as crianças parecem lidar, assim como nos casos estudados por Corrêa, ora com a imagem que fazem do código escrito institucionalizado – ou, de modo mais amplo, com fatos mais diretamente ligados à sua circulação por práticas letradas –, ora com o que imaginam ser a gênese da (sua) escrita – ou com fatos mais diretamente ligados à sua circulação por práticas orais.

Corrêa (1997) salienta, ainda com relação ao exemplo destacado, que os anos de escolarização pelos quais os vestibulandos, alvo de sua pesquisa, passaram, interfeririam (ou melhor, *atuariam*) no seu modo de segmentar o enunciado escrito. Esse tipo de escrita ocorreria sempre que o escrevente buscasse seguir o que imaginaria ser as convenções ortográficas. O autor lembra que, embora o critério fundamental usado pelos vestibulandos seja, nos casos citados anteriormente, seguir um modelo mais institucionalizado de escrita, segui-lo significaria apenas seguir a representação (imagem) que o escrevente faria desse modelo, produzindo assim um modo heterogêneo de constituição da escrita.

Uma síntese

As afirmações feitas até o momento e, particularmente, as afirmações que procuram trazer à baila o conceito construído por Corrêa (1997 e 2001) e definido como *heterogeneidade da escrita* – conceito que assinala, de forma surpreendente, vínculos entre práticas orais e letradas da linguagem – visavam permitir a compreensão da relação entre o oral e o escrito, nos textos infantis, como uma relação dialógica.

A necessidade de entender, dessa forma, a relação entre o oral e o escrito ligava-se aos objetivos deste livro: pretendia-se, seguindo a trilha aberta, sobretudo, por Corrêa (1997), observar o funcionamento lingüístico da escrita infantil do ponto de vista de sua heterogeneidade constitutiva. A utilização desse conceito permitiu considerar as práticas sociais orais e letradas, bem como o material semiótico dessas práticas, na complexidade de seu funcionamento.

Dois esclarecimentos mais gerais devem ainda ser feitos. O primeiro se refere ao que mais precisamente é denominado de *letramento*, e o segundo se refere à explicitação do

que é tomado como *segmentações escritas não-convencionais*.
As seções seguintes serão dedicadas a esses esclarecimentos.

O conceito de letramento[4]

Para discutir a problemática que envolve o conceito de *letramento*, recorre-se, inicialmente, às considerações de Corrêa (2001), particularmente às feitas na tentativa de apresentar uma forma outra de utilização das noções de letramento e oralidade. Pretende-se com isso dar destaque às afirmações desse autor – assim como às afirmações de Tfouni (1994), que serão comentadas na seqüência –, extremamente pertinentes quanto aos problemas que surgem, particularmente na nossa sociedade, ao se atrelar letramento à alfabetização e/ou à escolarização.

Para propor uma reconceptualização dos conceitos de letramento e oralidade, Corrêa (2001) procura, primeiro, desvincular o termo *letramento* do termo *alfabetização*. Reserva o termo *alfabetismo* – que, segundo Soares (1998), constitui-se numa outra forma de dizer *letramento* – para designar a condição do alfabetizado, daquele que saberia codificar e decodificar os sinais exigidos pela tecnologia da escrita alfabética. Propõe, a partir daí, dois sentidos para o termo *letramento*: um sentido *restrito* e outro *mais amplo*.

O primeiro referir-se-ia à condição do indivíduo que exerceria direta ou indiretamente práticas de leitura e escrita – esse é o sentido mais corrente desse termo, já que é possível encontrá-lo em vários autores que tratam, direta ou indiretamente, de questões que envolvem, em alguma medida, o letramento. O segundo, menos explorado, ligar-se-ia

---

4. As reflexões presentes nesta seção estão diretamente ligadas às várias questões discutidas no curso *Estudos do letramento* que fizemos em janeiro de 2002, no IEL/Unicamp, ministrado pela profa. dra. Maria Augusta Bastos de Mattos, e às várias questões discutidas ao longo de 2001 e 2002 nos encontros que fizemos como participantes do Grupo de Pesquisa do CNPq *Estudos sobre a construção da escrita*, na Universidade Estadual Paulista (Unesp) – Câmpus de Marília, sob a coordenação do prof. dr. Lourenço Chacon.

ao *caráter escritural* de certas práticas, presentes mesmo em comunidades classificadas por Corrêa como de oralidade primária – comunidades que "não tiveram contato algum com a escrita tal como a conhecemos" (Corrêa, 2001, p. 137).

O *caráter escritural* estaria relacionado à qualidade de registro da memória cultural de certas práticas sociais orais e teria um estatuto de permanência no tempo semelhante ao que normalmente é atribuído à escrita: "Pode-se dizer, portanto, que há, em certas práticas orais, um grau de permanência que independe da tecnologia da escrita alfabética e que vem exemplificado nos estudos de literatura oral" (Corrêa, 2001, p. 137). Em sociedades ágrafas, a palavra seria testemunho do relato oral, que apresentaria e faria o ouvinte compreender e vivenciar um fato a distância.

Ao propor esse conceito amplo de letramento, o objetivo do autor era "dar anterioridade histórica a essa prática e à condição de letrado em relação à alfabetização e ao contato (mesmo que indireto) com a leitura e a escrita" (Corrêa, 2001, p. 138). Para o autor, oralidade (primária) e letramento seriam contemporâneos e sua contemporaneidade poderia ser verificada pelo modo como os fatos são registrados lingüisticamente. A utilização dessa noção ampla de letramento é justificada pelo fato de que ela possibilitaria o trânsito entre as práticas sociais do campo das práticas orais e as práticas sociais do campo das práticas letradas. Dito de outro modo, seria uma maneira de "justificar a presença de fatos lingüísticos da enunciação falada (gêneros, recursos fônicos, morfossintáticos, lexicais e pragmáticos) na enunciação escrita" (Corrêa, 2001, p. 142).

Corrêa (2001), ainda quando trata do que define como conceito amplo de letramento, observa que a concepção de letramento como uma questão de graus, associada ao letramento em sentido *restrito*, embora tenha sido um passo importante, "se consideradas as afirmações categóricas, ainda bem recentes, que utilizavam simplesmente a rotulação tradicional de alfabetizado e não-alfabetizado, para designar, respectivamente, os indivíduos dotados ou não da tecnologia da escrita alfabética" (Corrêa, 2001, p. 139), implica uma gradação que impõe um pólo máximo e outro mínimo com base no critério da alfabetização. O primeiro pólo seria representado pelos indivíduos "letrados" que teriam autonomia e pleno domínio do alfabeto e das práticas de leitura e escrita, e o segundo seria representado pelos indivíduos que estariam envolvidos em certos círculos em que se dão as práticas de leitura e escrita. Ocorreria nos dois casos que, mesmo indiretamente, os indivíduos, para serem tidos como letrados, teriam que estar envolvidos em práticas e usos da escrita alfabética.

Vale neste ponto observar em detalhe alguns aspectos relativos ao que foi entendido como reconceptualização dos conceitos de letramento e oralidade propostos por Corrêa (2001). Nas observações feitas acima, três aspectos principais parecem caracterizar, de outro modo, a noção de letramento e de oralidade: (a) a desvinculação do conceito de letramento do conceito de alfabetização; (b) a natureza do que é considerado como *caráter escritural* das práticas sociais orais; e, por fim, (c) a contemporaneidade da oralidade (primária) e do letramento.

Relativamente ao primeiro aspecto, interessa observar que uma das primeiras tarefas feitas por Corrêa (2001) ao propor uma noção outra para o conceito de letramento foi desvinculá-lo do termo *alfabetismo* e com isso o autor deu o primeiro passo para desvincular o termo *letramento* do termo *alfabetização*.

O conceito de letramento começou a ser usado nos meios acadêmicos numa tentativa de separar estudos sobre o impacto *social da escrita* de estudos sobre alfabetização, "cujas conotações escolares destacam as competências *individuais* no uso e na prática da escrita" (Kleiman, 1995, p. 7). Tfouni (1994), a esse propósito, salienta que a necessidade de começar a falar em letramento surgiu da "tomada de consciência que se deu, principalmente entre os lingüistas, de que havia alguma coisa além da alfabetização e que era mais ampla, e até determinante desta" (Tfouni, 1994, p. 50).

No processo de determinação dos sentidos da palavra/noção *letramento*, porém, em decorrência das diferentes posições teóricas adotadas, ocorreu uma polissemia relacionada a essa noção, o que, atualmente, torna sua conceituação complicada. Numa grande parcela dos trabalhos sobre letramento, sobretudo aqueles interpretados por Tfouni como pertencentes a perspectivas a-históricas do letramento, a ênfase é geralmente colocada nas "práticas", nas "habilidades"e nos "conhecimentos", voltados para a codificação e decodificação de textos escritos. Existe, pois, uma superposição entre *letramento* e *alfabetização*.

Quando se pensa a condição de letrado como essencialmente ligada à alfabetização, deixam-se de valorizar práticas sociais letradas que não dependeriam diretamente do código alfabético[5]. Além disso, no interior de perspectivas que atrelam o letramento à alfabetização ou à escolarização, freqüentemente, as práticas sociais letradas de sujeitos não-alfabetizados, quando consideradas, são definidas negativamente como práticas indiretas[6].

Com relação ao segundo e ao terceiro aspectos destacados – referentes ao que Corrêa chama de *caráter escritural* de certas práticas sociais orais e à contemporaneidade da oralidade (primária) e do letramento –, considera-se

---

5. Como, por exemplo: práticas letradas de sujeitos como d. Madalena, citadas por Tfouni (1994 e 2000), e práticas letradas de grupos indígenas (cf. B-Braggio, 1999).
6. Para Street (1994), existiriam, nas diferentes sociedades, práticas de letramento culturalmente consideradas como dominantes (padrão). O fato de um tipo ou forma cultural de letramento apresentar-se como dominante seria, geralmente, disfarçado por trás de discursos públicos de neutralidade e tecnologia, nos quais o letramento dominante seria apresentado como o *único* tipo de letramento. O autor salienta que, quando outras práticas de letramento são reconhecidas – como as práticas de letramento associadas a crianças, a diferentes classes econômicas e a grupos étnicos –, elas seriam apresentadas como inadequadas ou tentativas falhas de alcançar o letramento dominante. As pessoas que praticariam esses letramentos alternativos seriam concebidas como culturalmente *desprovidas*. Contrariamente, Street defende a existência de diferentes *letramentos* e propõe que seria mais vantajoso e/ou construtivo pensar o letramento tido como padrão como apenas uma *variedade* entre muitas outras.

que tais aspectos da reflexão de Corrêa (1997) relacionam-se, entre outros fatos, à necessidade de repensar a riqueza da oralidade e, com isso, repensar também o funcionamento de nosso mundo grafocêntrico, bem como nosso próprio entendimento do que seja a escrita. Trata-se, em última instância, sobretudo de uma tentativa de desvincular a condição de letrado de práticas que envolvem apenas a/uma escrita alfabética e de reconhecer, também como fez Tfouni (1994 e 2000), que, em algumas práticas orais, estariam presentes aspectos que quase exclusivamente são atribuídos ao código escrito. É sobretudo por essa razão que Corrêa (2001) defende que aspectos geralmente atribuídos à escrita – estatuto de permanência no tempo e mobilidade no espaço – também deveriam ser levados em conta para a oralidade.

Na seção seguinte, são indicados efeitos de sentidos preferenciais que serão adotados para o conceito de letramento e, analogamente, efeitos de sentidos preferenciais que serão adotados para os conceitos de fala, escrita e oralidade.

Letramento e segmentações não-convencionais

Supõe-se, com base fundamentalmente em Corrêa (1997), que todo fato lingüístico (fala/escrita) se vincula a uma prática social (oralidade/letramento), ou, mais precisamente, todo fato lingüístico é também uma prática social, já que não é possível falar – dos mais variados modos – ou escrever – também dos mais variados modos – sem estar imerso em uma *esfera da atividade humana* (Bakhtin, 1992).

Além disso, o letramento e também a oralidade devem ser entendidos como processos "cuja natureza é sócio-histórica" (Tfouni, 1994, p. 50). O letramento é também mais amplo que a alfabetização e que as práticas ligadas a usos da leitura e da escrita alfabética e/ou ortográfica, tendo em vista que em nossa sociedade convivemos com diferentes escritas e muitas de nossas práticas orais são atravessadas por aspectos que geralmente são atribuídos apenas à escrita alfabética.

É necessário salientar, entretanto, que os aspectos de letramento que foram observados na análise feita neste livro estão mais diretamente relacionados com a existência de uma "escrita alfabética" – e/ou de convenções ortográficas; as práticas que foram examinadas estão, pois, atravessadas por um imaginário em torno desse tipo de escrita. Nesse sentido, é preciso considerar que uma das características e/ou dimensões do letramento é o fato de constituir-se como processos de apropriação social e histórica de práticas que envolvem, em medidas variadas, leitura e escrita de uma escrita alfabética. Tal consideração é necessária para entender como diferentes histórias de contato que as crianças têm com essas práticas em seu ambiente socioeconômico-cultural podem ter sido mobilizadas por elas quando propõem segmentações não-convencionais.

Tendo em vista que nosso objetivo é observar quais informações sobre uma escrita – que circulam nas práticas sociais orais e letradas em que as crianças atuam/participam – e, particularmente, embora não exclusivamente, quais informações sobre uma escrita alfabética as crianças mobilizariam quando propõem segmentações não-convencionais, faz-se necessário voltar a atenção para aspectos dessas práticas ligados à escrita alfabética e/ou ortográfica, embora o letramento, para nós, não se reduza apenas a informações (diretas ou indiretas) sobre um tal tipo de escrita.

Os dados de segmentação não-convencional na escrita infantil

Por diversas vezes, os dados de segmentação escrita *não-convencional* foram referenciados como os que se diferenciam das convenções ortográficas, os que *não coincidem* com as normas ditadas pelas convenções ortográficas ou os que *se distanciam* dos padrões tidos como convencionais, entre outras formas alternativas.

Tais referências indicam que se tomou como ponto de apoio para a definição de dado *não-convencional* seu oposto: o que é possível chamar de dado *convencional* e/ou de acordo com as normas ortográficas. Mas o que vem a ser uma segmentação convencional? Segundo Silva (1994), Abaurre (1991 e 1992) e Abaurre e Silva (1993), a escrita alfabética faz uso do critério morfológico para definição dos espaços em branco entre as seqüências de letras. Portanto, dado *convencional* deveria ser aquele em que se tomou por base as classes de palavras como definidoras de unidades morfológicas.

Entretanto, nas produções textuais tomadas como material de análise, nada garante que as segmentações "adequadas" e/ou "convencionais" propostas pelas crianças significam que elas já dominam as regras de colocação de espaços em branco na escrita[7]. Pelo contrário, o fato de figurarem, nas produções textuais que compõem o material selecionado para análise, exemplos diversos destes, nos quais as crianças propõem segmentações chamadas de *não-convencionais*, contribui, justamente, para uma explicação oposta a esta. Dito de outro modo, nos momentos em que as crianças parecem propor segmentações *convencionais* e suas escritas aparecem mais "controladas", o que parece ocorrer é que o produto final – segmentação de acordo com a norma ortográfica – escondeu o processo de constituição dessa escrita (dialógico, por excelência), o que não significa que ele não esteve presente o tempo todo.

Com efeito, optou-se por buscar critérios que subjazem a essas segmentações *não-convencionais*, por um lado porque elas podem ser interpretadas como momentos de *heterogeneidade mostrada,* ou seja, "formas lingüísticas de representação de diferentes modos de negociação do sujeito falante [leia-se, também, escrevente] com a heterogeneidade

---

7. O mesmo se aplica à chamada "escrita adulta". Embora seja menos comum encontrar usos adultos de marcação dos espaços em branco não-convencionais, eles ocorrem e parecem estar ligados aos mesmos fatores que mobilizam as segmentações infantis não-convencionais.

constitutiva do seu discurso" (Authier-Revuz, 1990, p. 24). Essa opção deriva, por outro lado, da importância, negativa, atribuída a esse tipo de funcionamento da escrita infantil: geralmente, as segmentações *não-convencionais* são tidas como "erros" ou como "problemas" da escrita infantil. É justamente um distanciamento dessa posição que se busca, entendendo as segmentações *não-convencionais* como *marcas* que apontam para o funcionamento lingüístico da escrita infantil e para processos de subjetivação do escrevente.

Observações finais

Neste capítulo, observou-se que uma oposição oral/escrito, fala/escrita e/ou oralidade/letramento não parece ser suficiente para explicar o complexo relacionamento entre as práticas letradas e orais da linguagem. Apresentaram-se, também, considerações de Corrêa (1997) a respeito do modo heterogêneo de constituição da escrita, tentando, de um lado, explicitar como deveria ser interpretado o conceito de *heterogeneidade da escrita* e, de outro, mostrar o salto qualitativo dado por Corrêa (1997) quanto à consideração da relação oral/escrito. Como foi possível observar, marcas de cruzamento de práticas orais e letradas assinalam a heterogeneidade **da** escrita (e não a heterogeneidade **na** escrita), o que equivale a dizer que a heterogeneidade é constitutiva da linguagem escrita, e não uma característica pontual e acessória desta[8].

A utilização desse conceito se mostrou vantajosa, sobretudo porque permitiu descartar, por um lado, perspectivas que entendem a escrita inicial como uma representação da fala e, conseqüentemente, que entendem as marcas de

---

8. O estudo levado a cabo por Corrêa (1997) centra-se na possibilidade de constatação do modo heterogêneo de constituição da escrita em textos dissertativos escritos por vestibulandos. Embora o enfoque seja, então, uma situação discursiva e um gênero em particular, o autor não deixa de sugerir a possibilidade de constatação do modo heterogêneo de constituição para outros gêneros textuais e para outras situações de uso da língua, bem como para textos falados.

oralidade, nessa escrita, como marcas de interferência e/ou influência, particularmente, da fala na escrita infantil. Permitiu, por outro lado, descartar também perspectivas que entendem que apenas a escrita inicial seria complexa – na qual figurariam representações da oralidade e elementos convencionais escritos – e que tal complexidade deixaria de existir quando essa escrita se constituísse em representações canônicas da língua.

Optou-se, contrariamente, por mostrar que as marcas lingüísticas de oralidade presentes na escrita infantil constituiriam um tipo de marca que permitiria detectar traços de um imaginário infantil sobre a escrita vinculado, essencialmente, ao imaginário presente nas práticas sociais orais e letradas nas quais as crianças estariam imersas. Sendo assim, constituem, pois, *pequenos fatos* que retomariam, em termos de funcionamento, o que aconteceria com práticas e usos da escrita em geral.

Neste mesmo capítulo, buscou-se ainda dar contornos mais específicos aos conceitos de letramento e de segmentação não-convencional. O conceito de letramento deve ser entendido, sobretudo, como uma prática social ampla, de caráter processual e histórico, que não se limita a informações – diretas ou indiretas – sobre a escrita alfabética tal como a conhecemos. Quanto à segmentação não-convencional, deve ser interpretada como uma marca privilegiada – contrariamente às segmentações convencionais – para a observação de momentos de *heterogeneidade mostrada,* ou seja, para a observação de diferentes modos de negociação do escrevente com a heterogeneidade constitutiva da escrita.

No capítulo seguinte, o objetivo será esboçar como serão observadas as produções escritas infantis que foram selecionadas, com ênfase na caracterização do material escolhido para análise e na explicitação do modo privilegiado para a investigação dos dados selecionados.

Capítulo 3 **Um modo de olhar para segmentações não-convencionais**

Breve descrição do evento discursivo que cercou a produção dos textos

Foi selecionado para análise um conjunto de 45 textos produzidos por três crianças, com idades entre 6 e 7 anos, todas do sexo masculino, que, durante o ano de 2000, cursavam a primeira série do ensino fundamental na rede municipal de ensino da cidade de São José do Rio Preto (São Paulo). Cada criança produziu 15 textos, com base em 15 diferentes propostas temáticas, sendo as Propostas de 01 a 07 referentes ao primeiro semestre e as restantes (Propostas 08 a 15) referentes ao segundo semestre do ano letivo de 2000. Esses textos foram recolhidos de atividades de produção escrita realizadas em sala de aula[1]:

---

1. Quando esses textos foram produzidos, o interesse não era que eles constassem em pesquisa sobre a escrita infantil. São, portanto, resultado de atividades com propósitos exclusivamente didáticos.

Proposta temática	Data
01 – O pirata (canção)	+/–15/02/00
02 – O doce (parlenda)	+/–13/04/00
03 – A foca (canção)	01/05/00
04 – Atirei o pau no gato (canção)	19/05/00
05 – A galinha/pássaro no céu (narrativa)	05/06/00
06 – O elefante e a bruxa (quadrinhos)	12/06/00
07 – O telefone (quadrinhos)	29/06/00
08 – Mamãe da rua (brincadeira)	01/08/00
09 – O cravo e a rosa (canção)	02/08/00
10 – O sapo (canção)	08/08/00
11 – A bruxa e o cachorro (quadrinhos)	+/–14/08/00
12 – Se eu fosse uma pipa... (narrativa)	+/–28/08/00
13 – O elefante elegante (quadrinhos)	11/09/00
14 – A bruxa e o gato/Natal (quadrinhos)	+/–03/10/00
15 – Sobre um bicho (narrativa)	+/–15/10/00

As Propostas 01, 02, 03, 04, 09 e 10 constituíram-se de reprodução (escrita) de peças do cancioneiro infantil e de parlenda[2]. Em todas essas produções textuais, as crianças realizaram, previamente, algumas atividades com ênfase ora na forma gráfica das canções e da parlenda apresentadas, ora em sua forma oral[3].

2. Ver, em "Anexos", a forma gráfica referente a cada proposta temática apresentada pela professora para a produção textual.
3. As crianças, em geral, aprendiam, primeiro, a cantar as canções e a declamar a parlenda sem apoio gráfico-visual. Posteriormente, cantavam acompanhando-as em suas formas gráficas e "montavam", em dois momentos diferentes – primeiro sozinhas; depois, auxiliadas por cartazes feitos pela professora –, as canções e a parlenda apresentadas graficamente (numa espécie de quebra-cabeça).

Com exceção do fragmento que constava da Proposta 01, apresentada como parte das atividades que envolviam o tema *carnaval* e que visava apenas a escrita do texto pelas crianças, em todos os outros casos o objetivo era introduzir o estudo de uma letra do alfabeto. Assim, as Propostas 02, 03, 04, 09 e 10 tinham como pretexto, respectivamente, o estudo das letras D, F, G, R e S[4].

As Propostas 06, 07, 11 e 14 tiveram como ponto de partida histórias em quadrinhos. Nessas propostas, a produção do texto seguia um procedimento bastante semelhante: a professora solicitava, de início, que as crianças contassem, oralmente, a história dos quadrinhos; após essa atividade oral, elas iniciavam a produção do texto. Nesse momento, a professora, geralmente, sugeria que as crianças não apenas contassem a história que se passava nos quadrinhos mas também o que poderia ter ocorrido após o término do último quadrinho. Infelizmente, não foi possível recuperar todas as sugestões feitas em todas as histórias. Alguns indícios, em algumas das propostas, apontam para algumas sugestões da professora. Essas sugestões serão mencionadas quando forem relevantes para a análise.

Na Proposta 05, a professora apresentou às crianças um livro intitulado *Que planeta é esse?*[5]. A atividade proposta tinha em vista que as crianças, inicialmente, imaginassem que iriam ouvir uma história. Embora a professora tivesse começado a contar a história – leu informações sobre o livro: nome dos autores, o lugar onde o livro havia sido produzido, características do livro etc. –, a narração foi interrompida na primeira ilustração do texto. Após essa interrupção, a professora pediu às crianças que contassem,

---

4. Com esse propósito principal, eram também realizadas algumas atividades paralelas às já descritas anteriormente (cf. nota 3). Essas atividades envolviam uso da letra do alfabeto trabalhada: palavra cruzada, caça-palavras, ditado, listas de figuras e palavras. Os textos resultantes de cada proposta eram feitos após todas essas atividades.
5. R. C. Rennó, *Que planeta é esse?* São Paulo: FTD, 1996.

por escrito, a história que elas imaginavam que iria se desenrolar com base na ilustração mostrada – um passarinho olhando de uma nuvem para a Terra, por meio de um microscópio.

Os textos resultantes da Proposta 08 foram produzidos como parte das atividades referentes à disciplina de Educação Física. Durante todo o ano de 2000, as crianças participaram de atividades que envolviam brincadeiras que elas mesmas haviam escolhido no início daquele ano. Nessas atividades, a cada semana as crianças brincavam e descreviam (coletivamente) uma brincadeira das que haviam sido listadas por elas. As produções coletivas seguiam um esquema de produção textual que consistia em: (a) nome da atividade (*Brincadeira de criança*); (b) nome da brincadeira; (c) descrição do material utilizado para brincar; (d) explicação de como se brincava. No dia em que foram produzidos os textos que abrangem a Proposta 08, a professora solicitou, inicialmente, que um aluno lembrasse como funcionava a brincadeira. Logo em seguida, pediu que as crianças escrevessem individualmente como se desenvolvia a brincadeira selecionada (*Mamãe da rua*) com o propósito de, num momento posterior, a classe escolher uma versão para que todos a tivessem no caderno escolar.

Na Proposta 12, as crianças deveriam escrever um texto [imaginando como elas seriam se fossem uma pipa]. A folha distribuída pela professora para que as crianças escrevessem seus textos trazia a frase *Se eu fosse uma pipa...*, que deveria ser concluída pelas crianças.

Na Proposta 13, as crianças deveriam, novamente, escrever uma história com base em uma seqüência de quadrinhos. Esses quadrinhos acompanhavam um poema infantil intitulado *O elefante elegante* e foram retirados de um livro didático[6]. Os quadrinhos parecem ter sido feitos para

---

6. Não foi possível recuperar a referência bibliográfica do livro didático do qual os quadrinhos e o poema infantil intitulado *O elefante elegante* foram copiados (na cópia utilizada para a atividade em questão não constavam indicações bibliográficas).

que as crianças os colocassem de acordo com a seqüência em que os fatos (ações) apareciam no poema, mas a professora não exigiu, nem mesmo sugeriu, que eles seguissem essa ordem[7].

As produções escritas vinculadas à Proposta 15 decorreram do trabalho com conteúdos de Ciências, especificamente os que se referiam a seres vivos. No período que antecedeu essa produção escrita, as crianças estavam trabalhando, principalmente, com características dos animais e com distinções feitas com o intuito de classificá-los (macho/fêmea, domésticos/selvagens etc.). As crianças baseavam-se, para tanto, em pesquisas, recortes, colagens e, sobretudo, em textos didáticos retirados de livros destinados à primeira série do ensino fundamental. Nos textos resultantes da Proposta em questão, as crianças deveriam escolher um animal e escrever sobre ele. A professora não especificou qual gênero discursivo as crianças deveriam privilegiar.

Conforme dito anteriormente, observaram-se, nessas produções textuais, marcas lingüísticas de segmentação escrita que se diferenciavam das convenções ortográficas. Optou-se por identificar e apreender o funcionamento de suas marcas sem a preocupação direta com sua repetibilidade. Tal escolha procede de uma opção metodológica: para a análise dos dados, assumiu-se como procedimento teórico-metodológico o paradigma indiciário. Na seção seguinte, são feitas algumas afirmações mais gerais a respeito desse paradigma, tendo como ponto de partida sua formulação por Ginzburg (1989).

---

7. No mesmo dia em que foi produzido este texto, as crianças realizaram algumas atividades com o poema: (a) leram individualmente; (b) ouviram o poema lido pela professora e por alguns colegas; (c) conversaram sobre o "enredo" do poema; (d) copiaram o texto no caderno; (e) responderam a algumas questões vinculadas ao poema feitas pela professora (A quais lugares o elefante foi?/Como você imagina o elefante?/Que nome você daria para o elefante? Por quê?/Se o elefante tivesse uma namorada, como ela seria?); (f) ilustraram o texto.

O paradigma indiciário como modelo teórico-metodológico

A preocupação, nas Ciências Humanas, com a atribuição de um estatuto teórico aos dados considerados residuais, episódicos, foi retomada e explicitada pelo historiador italiano Carlo Ginzburg particularmente em seu texto "Sinais: raízes de um paradigma indiciário" (1989).

Nesse texto, a preocupação principal foi "mostrar como, por volta do final do século XIX, emergiu silenciosamente no âmbito das Ciências Humanas um modelo epistemológico (caso se prefira, um paradigma) ao qual não se prestou suficiente atenção" (Ginzburg, 1989, p. 143) e, além disso, analisar esse paradigma para assim justificar, em termos históricos e gerais, um modo de fazer pesquisas.

Para demonstrar a relevância teórica de fenômenos entendidos freqüentemente como irracionais, atemporais, pormenorizados etc. Ginzburg procura reconstruir a trajetória histórica desse paradigma e traçar os princípios metodológicos que garantiriam rigor – um *rigor flexível*, para usar as palavras do próprio autor – às investigações voltadas para a interpretação de pistas.

A trajetória histórica proposta por esse autor sustenta-se, principalmente, embora não exclusivamente, no esboço da analogia entre os métodos de investigação de Morelli/Holmes/Freud. Subseqüentemente, são retomados, sucessivamente, cada um desses métodos de investigação, enfocando, como Ginzburg, o que eles guardam de semelhança entre si.

Entre os anos de 1874 e 1876, segundo Ginzburg, em alguns artigos sobre pintura italiana, Giovanni Morelli, sob o pseudônimo de Ivan Lemorlieff, propunha um "novo" método para a atribuição de autoria a quadros antigos que consistia em distinguir os originais das cópias baseando-se, contrariamente ao que se fazia na época, em "pormenores mais negligenciáveis" (Ginzburg, 1989, p. 144) – como: lóbulos das orelhas, unhas, formas dos dedos etc. – que, para o crítico italiano, estavam menos influenciados pelas características da escola a que os pintores pertenciam. Esses pormenores indiciavam momentos em que o controle do artista, ligado à tradição cultural, distendia-se para dar lugar a traços puramente individuais "que lhe escapam sem que ele se dê conta" (Ginzburg, 1989, p. 150). Morelli propõe, pois, um método interpretativo que privilegia os dados marginais considerados reveladores e que em muito se aproxima do método investigativo utilizado pelo personagem das novelas detetivescas de Arthur Conan Doyle: Sherlock Holmes.

O método do detetive Sherlock Holmes baseava-se em uma forma inferencial, a *abdução*[8], que consiste, entre outras coisas, no exame do fato singular, o qual, muitas vezes, se apresenta como enigma. O detetive Sherlock Holmes "se concentra nos detalhes, nas insignificâncias" (Caprettini, 1991, p. 153), procurando isolar elementos sintomáticos no contexto geral em que eles se encontram aparentemente imersos. A verdade sobre o crime, nas histórias do detetive, é alcançada assim através de miudezas, de fragmentos aparentemente triviais, de coisas bizarras sobre as quais "nossa atenção se concentra sempre com alguma hesitação" (Caprettini, ibidem).

O método morelliano aproxima-se também dos métodos utilizados pela psicanálise freudiana, "que tem por hábito penetrar em coisas concretas e ocultas através de elementos pouco notados ou desapercebidos, dos detritos ou refugos da nossa observação" (Freud, 1914, apud Ginzburg, 1989, p. 147). Freud consagrou-se pelo estabelecimento da

---

8. A forma inferencial *abdução* foi descrita pela primeira vez por Peirce. Ao comparar a abdução à indução, Peirce assim descreve a primeira: "A abdução se inicia a partir dos fatos, sem que, nesse começo, haja qualquer teoria particular em vista, embora seja motivada pelo sentimento de que a teoria é necessária para explicar os fatos surpreendentes. A indução se inicia de uma hipótese que parece recomendar a si própria, sem que, nesse começo, hajam quaisquer fatos em particular à vista, embora sinta necessidade de fatos para sustentar a teoria. A abdução persegue uma teoria, a indução persegue fatos. Na abdução, a consideração dos fatos sugere hipóteses. Na indução, o estudo da hipótese sugere a experimentação que traz à luz os próprios fatos, para os quais a hipótese havia apontado" (apud Sebeok & Umiker-Sebeok, 1991, p. 32).

psicanálise, cuja técnica concentrava-se, notadamente, na constatação de que "os nossos pequenos gestos inconscientes revelavam o nosso caráter mais do que qualquer atitude formal, cuidadosamente preparada por nós" (apud Ginzburg, 1989, p. 146).

Atendo-se a essas sucintas afirmações e referências, pode-se entrever que o paradigma indiciário parece estar em oposição ao chamado paradigma galileano, paradigma científico desenvolvido a partir da física galileana. Este último, centrado na idéia de uma razão "universalizadora, abstratizante e quantificadora", caracteriza-se pelo emprego da matemática e do método experimental, que implica a quantificação e repetibilidade dos fenômenos estudados, bem como a eliminação de aspectos individuais, concebidos como supérfluos ou acessórios. Já o precedente tem por objeto "casos, situações e documentos individuais, *enquanto individuais*, e justamente por isso alcançam resultados que têm uma margem ineliminável de casualidade [...]" (Ginzburg, 1989, p. 156, grifo do autor). Segundo Ginzburg, no *paradigma indiciário,* a repetibilidade dos fenômenos não constitui fator relevante, sendo, portanto, desconsiderada. Quanto aos aspectos relativos à quantificação, são admitidos apenas em funções puramente auxiliares.

Para Ginzburg, ao pesquisador, abrem-se assim duas possibilidades: ou (a) se sacrifica o conhecimento do elemento individual à generalização – essa via foi percorrida pelas Ciências Naturais e, só muito tempo depois, pelas Ciências Humanas e pela Lingüística; ou (b) se procura elaborar, ainda que experimentalmente, um paradigma diferente, fundado no conhecimento científico do individual. Esse tem sido o percurso, por exemplo, de historiadores como Ginzburg e de alguns pesquisadores na área de aquisição da linguagem, particularmente pesquisadores do IEL-Unicamp associados ao Projeto Integrado de Pesquisa (CNPq) *A relevância teórica dos dados singulares na aquisição da linguagem escrita* (já finalizado), como Abaurre, Fiad e Mayrink-Sabinson.

É possível sintetizar, neste ponto, os aspectos considerados como mais salientes a respeito do paradigma indiciário e, ao mesmo tempo, divisar quais as características, também mais salientes, da investigação centrada nesse modelo epistemológico.

Por se tratar de um procedimento de investigação eminentemente qualitativo e interpretativo, ele implica, em primeiro lugar, duas recusas: (a) a do controle rígido dos contextos experimentais criados nas situações de pesquisa – privilegiando, assim, os dados coletados de forma naturalística, daí a opção por textos produzidos em contexto escolar, em função de atividades promovidas sem propósitos de pesquisa); e (b) a da preocupação com a repetibilidade dos dados e resultados.

Envolve, em segundo lugar, assumir que esses dados ensinam, em vez de procurar neles exemplos que confirmem definições e pontos de vista previamente fixados, tendo em vista que se consideram, nesse paradigma, *instanciações episódicas e locais, pistas, indícios, pequenos fatos, sintomas, ocorrências únicas, singulares,* e não o estabelecimento de categorias universalmente reconhecidas (cf., a esse respeito, Abaurre, 1996).

Em terceiro lugar, a adoção de tal paradigma pressupõe a consideração de *traços individuais* – uma vez que se funda no conhecimento científico do individual. Com isso, espera-se que fatos relativos aos sujeitos e suas histórias individuais, muitas vezes relegados a um plano secundário, sejam considerados na investigação que toma por base tal procedimento teórico-metodológico.

No campo dos estudos sobre a linguagem, particularmente, a partir da inauguração da abordagem dita "científica" da linguagem, pouco lugar havia para os *traços individuais*. Basta recordar, por exemplo, que Saussure, em seu *Curso de lingüística geral,* atribuiu à *langue* o primeiro lugar entre os fatos da linguagem – "Ela é um objeto bem definido no conjunto heteróclito dos fatos da linguagem" (Saussure, 1971, p. 22) – e deixou, pois, em segundo plano, os fatos relativos à *parole*, separando, assim, o que ele entendia como social do que foi entendido como individual e, por conseguinte, "o que é essencial do que é acessório e mais ou menos acidental" (Saussure, 1971, p. 22). Dessa forma, Saussure garantiu o espaço do sistemático, repetível e possível de ser quantificado, estabelecendo como objeto da Lingüística a *langue*, e deixou os caminhos relativos à *parole* – o espaço do individual, do momentâneo, do singular – ainda por serem trilhados.

Preocupados com a investigação de fatos atinentes à relação sujeito/linguagem, alguns pesquisadores envolvidos em investigações sobre produção escrita infantil e baseados, também, nas formulações de Ginzburg têm procurado mostrar que a adoção de um procedimento teórico-metodológico qualitativo, assim como o paradigma indiciário, pode ser mais produtiva para uma teoria lingüística preocupada com a atribuição de um estatuto teórico ao individual, ao momentâneo e ao singular.

Acentue-se que tais pesquisadores partem da constatação de que existem situações de uso da linguagem mais propícias ao aparecimento de dados singulares, que dão visibilidade momentânea a uma relação particular do sujeito com a linguagem. O momento de aquisição da linguagem, oral ou escrita, constitui-se numa dessas situações. Muitas vezes, os dados coletados para pesquisas (longitudinais ou transversais) sobre aquisição da linguagem trazem em si, portanto, marcas de uma situação de grande instabilidade e, entre essas marcas, ocorrências que, freqüentemente, podem não se repetir, justamente porque representam *instanciações episódicas e locais* (cf. Abaurre, 1996). Para esses autores, tais ocorrências, devido ao fato de darem maior visibilidade a alguns aspectos do processo de aquisição da linguagem, podem "contribuir de forma significativa para uma discussão mais profícua da natureza da relação sujeito/linguagem no âmbito da teoria lingüística" (Abaurre, 1996, p. 112).

Em quarto lugar, é necessário acentuar que a adoção de um paradigma indiciário implica o estabelecimento de um rigor metodológico diferente do instaurado pelas metodologias experimentais. Para Ginzburg (1989), a orientação quantitativa e antiantropocêntrica tomada pelas ciências da natureza a partir de Galileu colocou as Ciências Humanas "num desagradável dilema: ou assumir um estatuto científico frágil para chegar a resultados relevantes, ou assumir um estatuto científico forte para chegar a resultados de pouca relevância" (Ginzburg, 1989, p. 178). Esse tipo de rigor científico é inatingível e indesejável para as formas de saber ligadas a situações nas quais a unicidade e o caráter insubstituível dos dados são decisivos. Defende, então, um *rigor flexível* para o paradigma indiciário, salientando que "neste tipo de conhecimento entram em jogo [...] elementos imponderáveis: faro, golpe de vista, intuição" (Ginzburg, 1989, p. 179).

Por fim, resta acrescentar um último aspecto caracterizador do paradigma indiciário: a prioridade dada às ocorrências locais, peculiares a tal paradigma, que se baseia, entre outros fatos, em evidências circunstanciais, "não implica (uma) exclusão absoluta da regularidade", como lembra Caprettini (1991, p. 160). Pelo contrário, "as regularidades constituem o termo médio do processo abdutivo, ao permitir a conexão entre dois fatos particulares" (Caprettini, 1991, p. 160). No raciocínio abdutivo, próprio desse paradigma, a resolução de um problema ou questão pode, pois, passar pelo crivo das regularidades: "Os 'pequenos fatos' são a chave para o relacionamento local/global" (Caprettini, 1991, p. 162).

Com a escolha teórico-metodológica pelo paradigma indiciário, pretendia-se destacar o fato de a análise das ocorrências não-convencionais de segmentação escrita ser conduzida por uma abordagem qualitativa, que privilegia a observação do funcionamento de marcas lingüísticas muitas vezes únicas da escrita infantil. Tal opção não implica, entretanto, deixar de lado a busca de regularidades. Desse modo, observou-se, de um lado, marcas lingüísticas locais (talvez únicas) de segmentação escrita não-convencional na escrita infantil e, de outro, aspectos dessas marcas que possibilitassem estabelecer generalizações.

Os pressupostos teórico-metodológicos do paradigma indiciário, como caracterizados acima, constituíram uma das bases para a análise que é esboçada no capítulo subseqüente. A análise dos diferentes *pequenos fatos* da escrita infantil se fundamenta também na metodologia de trabalho proposta por Corrêa (1997). Nas seções seguintes, são feitas algumas considerações a fim de caracterizar essa metodologia.

Eixos de representação da escrita

Em Corrêa (1997), encontra-se uma metodologia de trabalho que possibilita reconstruir, conjecturalmente, processos que poderiam ser motivadores das ocorrências de segmentação não-convencional presentes no material selecionado para análise. Esse autor fixa tal metodologia a partir da criação de um espaço de observação que postula a circulação do escrevente por três eixos de representação da escrita: o da imagem que o escrevente faz da gênese da (sua) escrita; o da imagem que o escrevente faz do código escrito institucionalizado; e o da representação que o escrevente faz da escrita em sua dialogia com o já falado/escrito e com o já ouvido/lido. Esses três eixos constituiriam lugares privilegiados de observação e de reconhecimento da circulação dialógica do escrevente na produção de um modo heterogêneo de constituição da escrita. Ou seja, comporiam lugares para a observação do fenômeno do encontro entre práticas sociais orais e letradas.

Corrêa (1997) privilegia a análise de textos de vestibulandos, embora enfatize que "a idéia de um modo heterogêneo de constituição da escrita a partir destes três eixos de circulação imaginária seja localizável em qualquer tipo de texto escrito" (Corrêa, 1997, p. 21). A hipótese é a de que "em diferentes graus e com diferentes possibilidades de adequação ao gênero produzido, essa circulação venha, sempre, de alguma forma marcada" (Corrêa, ibidem).

Preferiu-se lidar apenas com os dois primeiros eixos. Com isso não se estava negando a atuação do terceiro eixo na escrita em geral e na escrita infantil em particular. O terceiro eixo proposto por Corrêa teria, na verdade, a particularidade de funcionar, segundo o próprio autor (cf. Corrêa, 2001, p. 153; e 1997, p. 343), como *móvel* de toda a circulação do escrevente. Em outros termos, considerando-se o princípio dialógico da linguagem, "nenhuma palavra é 'neutra', mas inevitavelmente 'carregada', 'ocupada', 'habitada', 'atravessada' pelos discursos nos quais viveu sua existência socialmente sustentada" (Authier-Revuz, 1990, p. 27) e, sendo assim, considerando-se que todos os nossos enunciados e cada um deles constituem "um elo da cadeia muito complexa de outros enunciados" (Bakhtin, 1992, p. 291), é possível, pois, assumir o eixo fixado por Corrêa relativo à circulação do escrevente pelo já falado/escrito como o que mobiliza a articulação dos dois primeiros eixos de circulação imaginária do escrevente.

A fim de caracterizar mais precisamente a especificidade de cada um dos dois eixos privilegiados para análise, eles serão retomados, sucessivamente, nas seções seguintes[9].

Sobre a escrita em sua suposta gênese

O eixo atinente à escrita em sua suposta gênese se refere aos momentos em que o escrevente, ao apropriar-se da escrita, tenderia a tomá-la como representação termo a termo da oralidade, situação em que tenderia a igualar esses dois modos de realização da linguagem verbal.

Entre as afirmações que faz a fim de tratar das implicações teóricas relativas à assunção desse eixo da circulação do escrevente pelo imaginário em torno da escrita, Corrêa (1997) ressalta que a utilização da palavra *gênese* é perigosa,

---

9. Vale destacar, como Corrêa (1997), que a atuação conjunta dos três eixos "passa necessariamente pela imagem que o escrevente faz da (sua) escrita" (Corrêa, 1997, p. 165). Assim, só metodologicamente é possível destacar esses dois eixos. Nas produções textuais selecionadas para análise, bem como para qualquer outro tipo de material lingüístico, "não podemos esperar que haja [...] um texto definido por apenas uma das propriedades isoladamente" (Corrêa, ibidem).

já que "não há, naturalmente, um ponto de origem localizável, nem imaginariamente" (Corrêa, 1997, p. 20). O objetivo do autor ao utilizar esse termo foi se referir à expectativa de completude mantida pelo escrevente ao evidenciar integralmente uma prática em seu produto – no caso, a prática do registro gráfico do falado em relação ao produto escrito. O termo *gênese,* no trabalho desenvolvido por Corrêa (1997), deve ser entendido, pois, como se referindo a uma "*'ilusão necessária',* produto de um *processo de reconhecimento* do escrevente" (Corrêa, 1997, p. 189, grifo do autor). Baseado nas discussões de Verón (apud Corrêa, 1997, p. 188) a respeito da emergência das práticas científicas na história, Corrêa assume que a emergência da *gênese da escrita* "não tem a unidade de um acontecimento datado, nem de um ato isolado, tampouco de um lugar preciso" (Corrêa, 1997, p. 189).

Para o autor, a consideração de um eixo de representação da escrita em sua suposta gênese permite investigar as representações – sobre a escrita, sobre o interlocutor, sobre o próprio escrevente – que estão postas no texto; em outros termos, permite "tratar do *incorpóreo das relações de comunicação*" (Corrêa, 1997, p. 192, grifo do autor). Além disso, a consideração de tal eixo permite pensar na existência de uma possibilidade contínua de observar aspectos da constituição da escrita em qualquer momento, seja no período tradicionalmente designado como de aquisição da escrita, seja na escrita adulta – objetivo do trabalho de Corrêa –, já que não existe um ponto de origem, um começo, mas sim, e sempre, "*um teatro de recomeços*" (Corrêa, 1997, p. 190, grifo do autor). Por fim, abre a possibilidade de "interpretação dos dados a partir dos encontros entre o oral/falado e o letrado/escrito, estendendo, portanto, o alcance do estritamente lingüístico na direção das práticas sociais e da inserção do escrevente nessas práticas" (Corrêa, 1997, p. 192).

Corrêa lembra ainda a necessidade de não abordar a *gênese da escrita* em si mesma, "ainda que não localizando-a num acontecimento datado, num indivíduo-fonte e num texto determinado" (Corrêa, 1997, p. 192). Focalizando-a em si mesma, comprometer-nos-íamos, segundo o autor, com um enfoque descritivo de suas marcas e do contexto de seu aparecimento e, em certa medida, com uma concepção de escrita tomada como representação da oralidade. Inversamente, o autor defende a possibilidade de "encarar a gênese da escrita como a imagem que o escrevente faz do processo de constituição da (sua) escrita" (Corrêa, 1997, p. 193), sem deixar de lado nem as marcas e os elementos que condicionam o aparecimento da gênese da escrita nem uma concepção de escrita que a toma como modo de relação do sujeito com a linguagem.

Valem, neste ponto, dois destaques. O primeiro destaque diz respeito ao fato de que a busca de marcas lingüísticas de representação da escrita em sua suposta gênese não está relacionada à busca de marcas de uma suposta interferência da oralidade na escrita. Não se trata, pois, de tomar a relação entre o falado e o escrito como uma questão de interferência, "fato que traria, implícita, a consideração de ambas as modalidades como puras" (Corrêa, 1997, p. 86). Entendendo as marcas lingüísticas de representação da escrita em sua suposta gênese como o modo heterogêneo de constituição da escrita, a questão da interferência não se coloca, "uma vez que oral/falado e letrado/escrito estão presentes nesse modo heterogêneo como práticas sociais, em que os limites rigorosos não se sustentam" (Corrêa, 1997, p. 265). Além disso, reconhecer o encontro dessas práticas e propor a circulação do escrevente pelo que ele imagina ser a gênese da (sua) escrita abre espaço para ver a fragmentação "como uma marca lingüística de ponto de individuação do sujeito"[10] (Corrêa, 1997, p. 266), ou seja, abre es-

---

10. O conceito de *individuação* é emprestado por Corrêa (1997) às considerações de Veyne (apud Corrêa, 1997, p. 92) sobre a história. Com a idéia de individuação, Corrêa busca evitar "tanto a idéia de sujeito assujeitado como a idéia de indivíduo" (Corrêa, 1997, p. 95) e, embora o autor não pretenda criar uma concepção nova de sujeito, rejeita, com essa formulação, também uma concepção que "pretenda ser uma média destas duas" (Corrêa, ibidem). Para o autor interessa o aspecto dialógico da constituição do sujeito que transforma as pistas e o sujeito em individualidades.

paço para compreender processos de subjetivação do escrevente.

Alguns trabalhos, no interior de pesquisas sobre aquisição da escrita, têm trilhado um caminho diferente deste. Em outras palavras, têm observado as marcas da oralidade na escrita infantil como marcas de interferência, vazamento, influência, particularmente, da fala na escrita infantil. Essa não é a nossa opção. Considera-se, assim como Abaurre (1992), que a afirmação corrente de que a criança, num primeiro contato com a escrita, "escreve como fala" e/ou toma por base exclusivamente as suas experiências com a fala é ingênua e equivocada, tendo em vista que "a tarefa que aguarda o aprendiz de escrita é bem mais complexa do que 'escrever a fala'" (Abaurre, 1992, p. 136). As marcas lingüísticas da oralidade presentes na escrita infantil constituem um tipo de marca que permite detectar traços de um imaginário infantil sobre a escrita vinculado, essencialmente, ao imaginário presente nas práticas sociais orais e letradas nas quais as crianças estão imersas. Sendo assim, constituem, pois, *pequenos fatos* que retomam, em termos de funcionamento, o que acontece com práticas e usos da escrita em geral.

Já o segundo destaque diz respeito ao fato de que a busca de marcas lingüísticas de representação da escrita em sua suposta gênese deve ser encarada, assim como destacou Corrêa (1997), a partir da "imagem que o escrevente faz do processo de constituição da (sua) escrita" (Corrêa, 1997, p. 193). Mesmo em se tratando de escrita infantil, não se busca, pois, um *ponto de origem*, a partir do qual as diferenciações entre o oral e o escrito seriam construídas. Para nós, também a escrita infantil baseia-se em representações que o escrevente faz da (sua) escrita e, nesse eixo, das representações da escrita em sua suposta gênese.

Como conseqüência da assunção dos dois destaques – o entendimento da escrita em sua heterogeneidade e a partir das representações que o escrevente faz da (sua) escrita –, ficam descartadas, também, de um lado, a consideração da aquisição da escrita como uma questão de níveis ou estágios de desenvolvimento e, de outro, a posição construtivista que entende a aquisição da escrita como "construção", uma vez que ambas supõem "uma teleologia e, portanto, um sujeito que se desenvolve a partir da construção do objeto enquanto objeto de conhecimento, a ele submetido, por ele dominado" (Lemos, 1998, p. 21).

Uma vez rejeitadas essas duas interpretações correntes sobre o período cronologicamente designado como de aquisição da escrita, resta, evidentemente, especificar o modo pelo qual ele será interpretado. Endossando a postura teórica esboçada em Lemos (1998 e 1999), preferiu-se tratar tal período como "mudança que se opera através do funcionamento simbólico" ou, numa outra formulação:

> mudanças conseqüentes à captura da criança, enquanto organismo, pelo funcionamento da língua em que é significada como sujeito falante, captura esta que a coloca em uma estrutura a qual, enquanto estrutura, é incompatível com a interpretação de que há um desenvolvimento, isto é, mudanças de um estado de conhecimento conceituado como individual (Lemos, 1999, p. 1).

Tal formulação aplica-se – e tem conseqüências – ao segundo eixo da circulação dialógica do escrevente, a saber, o eixo da escrita como representação do *código escrito institucionalizado* (Corrêa, 1997), sobre o qual trata a seção seguinte.

Sobre a escrita como representação do código escrito institucionalizado

De saída, é necessário ressaltar que o eixo atinente à escrita como representação do código escrito institucionalizado contrapõe-se, nitidamente, ao eixo de representação da escrita em sua suposta gênese. Refere-se aos momentos em que o escrevente tomaria a escrita como ponto de partida em função do que imagina ser um modo já autônomo de representar a oralidade. Nele, segundo Corrêa (1997), o escrevente lidaria, basicamente, "com o que supõe ser – a partir não só do que aprendeu na escola, mas, em grande parte, do que assimilou fora dela – a visão escolarizada de código institucionalmente reconhecido" (Corrêa, 1997, p. 271).

O fator condicionante básico do aparecimento das marcas lingüísticas que denunciam a representação que o escrevente faz do código escrito institucionalizado é, segundo Corrêa, "sempre o caráter de réplica – tentativa de adequar o texto ao que recomenda a prática escolar tradicional" (Corrêa, 1997, p. 273). Essa tentativa de adequação leva o escrevente, freqüentemente, "a exceder-se numa caracterização do texto baseada em propriedades que ele supõe serem exclusivas da escrita" (Corrêa, 1997, p. 271). Nesse sentido, os encontros entre o oral/falado e o letrado/escrito, nesse eixo, "se evidenciam sempre que o escrevente leva a extremos uma tal imagem sobre o código escrito. Ou seja, nesse eixo da circulação dialógica, esses encontros se mostram pelo excesso" (Corrêa, 1997, pp. 271-2).

Optou-se pela observação da imagem que as crianças fazem do que supõem ser a escrita privilegiada pela instituição escolar – a representação que o escrevente faz com base na (sua) visão de código institucionalmente reconhecido –, por acreditar-se que os procedimentos realizados por elas quando propõem segmentações não-convencionais assemelham-se, e muito, aos procedimentos utilizados pelos vestibulandos estudados por Corrêa (1997) na produção de redações para o vestibular. A diferença entre os dados privilegiados pelo autor e as segmentações não-convencionais produzidas pelas crianças refere-se àquilo que é possível designar como um grau maior de convivência, dos escreventes estudados por Corrêa (1997), com as normas e convenções da escrita privilegiada pela escola – ou com a visão de código institucionalmente reconhecido – e um grau menor de convivência das crianças com as normas e convenções dessa mesma escrita. Acrescente-se a essa diferença o fato de que neste livro observamos apenas aspectos de *um* recurso gráfico da escrita – o branco – em apenas uma de suas ocorrências – seus usos não-convencionais.

Considera-se, portanto, que as crianças, antes mesmo de entrarem na escola e, portanto, antes mesmo de aprenderem a ler e a escrever, já estão imersas em práticas sociais de usos, se não da escrita em sua totalidade, de aspectos que a caracterizam. Em suas produções textuais, desse modo, figuraria um certo imaginário sobre a escrita que não se limitaria às relações que essa prática mantém com a que lhe é comumente oposta: a oralidade. Tal posicionamento contrapõe-se, nitidamente, à idéia de que as crianças, quando escrevem – na escola ou fora dela –, estão basicamente tentando transcrever sua fala, ou seja, estão tentando transpor para a modalidade escrita as suas reflexões acerca da modalidade oral e/ou as suas experiências com a fala. Inversamente, é possível supor, com base em Corrêa (2001), que "é sempre o produto do trânsito entre práticas sociais orais/faladas e letradas/escritas que nos chega como material de análise do modo de enunciação falado e do modo de enunciação escrito" (Corrêa, 2001, p. 142), tanto no que se refere aos diversos textos que circulam nos diferentes campos de atividade humana quanto no que se refere aos textos infantis.

Resta destacar que, ao assumir que o período cronologicamente concebido como de aquisição da escrita refere-se à "mudança que se opera através do funcionamento simbólico" ou, numa formulação um pouco diferente, a "mudanças conseqüentes à captura da criança, enquanto organismo, pelo funcionamento da língua em que é significada como sujeito falante [leia-se: escrevente]", não é possível esperar que haja um desenvolvimento, isto é, que o contato com tarefas e exigências escolares provoque mudanças de estado de um conhecimento conceituado como individual (Lemos, 1999, p. 1). Na verdade, a adoção dessa postura teórica implica perceber tais mudanças como mudanças de *condições* e *posições* (Pêcheux, 1990). Baseados em Pêcheux (1990), parece lícito supor que as crianças, ao entrarem na escola, envolvem-se em outras condições de produção de seus enunciados, que exigem que elas assumam, conseqüentemente, outros *lugares* e outras *posições*.

Observações finais

Neste capítulo, o propósito foi realizar uma breve descrição do evento discursivo que cercou a produção dos textos selecionados para análise e explicitar a opção teórico-metodológica pelo paradigma indiciário. Pretendia-se, principalmente com as considerações feitas sobre o paradigma indiciário, destacar o fato de a análise dos dados de segmentação não-convencional ser conduzida por uma abordagem eminentemente qualitativa: os dados de segmentação não-convencional são tidos como indícios – *pequenos fatos* – que possibilitam estabelecer generalizações.

Buscou-se, também, tratar dos modos de circulação dialógica do escrevente por um imaginário em torno da escrita, tal como formulados por Corrêa (1997), modos esses que nortearam a análise das ocorrências de segmentação não-convencional encontradas no material selecionado para análise. Pelas afirmações feitas especialmente sobre esses modos de circulação, almejava-se destacar que também as crianças, em diferentes graus, circulam por um imaginário em torno da escrita. Convém sublinhar que, na análise empreendida das ocorrências de segmentação escrita não-convencional, examinaram-se privilegiadamente apenas dois aspectos desse imaginário: aspectos prosódicos e aspectos relativos às convenções ortográficas – observou-se, no interior das convenções ortográficas, exclusivamente o critério morfológico para a colocação de espaços em branco na escrita.

No capítulo seguinte, com base, de um lado, em pressupostos teórico-metodológicos do paradigma indiciário e, de outro, no modo privilegiado por Corrêa para a observação da circulação do escrevente por um imaginário em torno da escrita, tenta-se reconstruir, conjecturalmente, processos que poderiam ser motivadores das marcas lingüísticas de segmentação escrita não-convencional produzidas pelas crianças.

Capítulo 4 **A propósito de alguns "pequenos fatos" da escrita infantil**

As ocorrências de segmentação escrita não-convencional

São apresentados a seguir resultados da identificação nas 45 produções escritas infantis selecionadas de ocorrências de segmentação não-convencional.

Nesse levantamento, foi considerada, para a delimitação e definição das fronteiras de tais ocorrências, preferencialmente a localização dos espaços em branco na escrita infantil – início e fim. Vale ressaltar que, trabalhando com base numa metodologia indiciária, outros critérios foram levados em conta para a definição de fronteiras das marcas lingüísticas de segmentação escrita não-convencional. Um primeiro olhar para as produções escritas selecionadas mostrou que, em alguns momentos, com base exclusivamente no critério principal acima enunciado, não seria possível definir se havia, de fato, uma segmentação não-convencional, isso porque a distribuição de espaços entre as letras presentes nas produções textuais escritas pelas crianças – especialmente nos casos de escrita com letra de forma – não era regular. É o caso da segunda ocorrência de "pro doce" no texto abaixo:

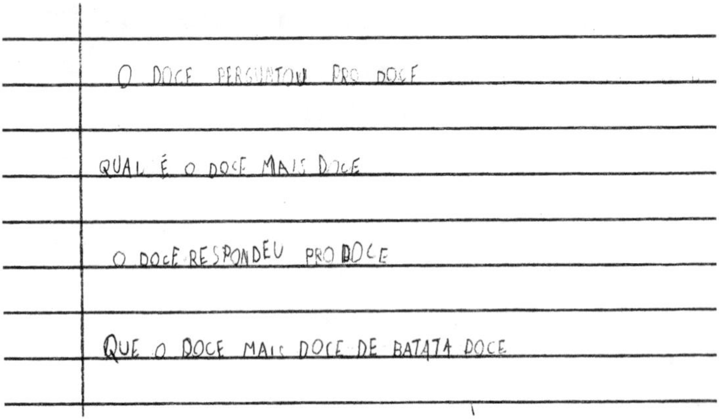

> O DOCE PERGUNTOU PRO DOCE
>
> QUAL É O DOCE MAIS DOCE
>
> O DOCE RESPONDEU PRO DOCE
>
> QUE O DOCE MAIS DOCE DE BATATA DOCE

(**Tradução:** O doce perguntou pro doce/ qual é o doce mais doce/
o doce respondeu pro doce/ que o doce mais doce/
é o doce de batata-doce)
FIGURA 01: texto 02-01.

Neste exemplo, a distribuição do espaço em branco não é regular e entre as palavras *pro* e *doce*, na terceira linha do texto produzido pela criança, parece ocorrer um espaçamento um pouco diferente do restante. Interpretou-se esse exemplo como uma ocorrência de segmentação escrita não-convencional porque, no mesmo texto do qual ele faz parte, figura uma outra ocorrência – *Pro Doce* – com espaço em branco entre as palavras *pro* e *doce* maior e, portanto, diferente do apresentado anteriormente. Dessa maneira, tinha-se, então, um outro possível critério atuante para a identificação de fronteiras das segmentações não-convencionais: a comparação, nos casos de dúvida, das ocorrências selecionadas com outras ocorrências iguais ou próximas, ou, ainda, com a própria distribuição dos espaçamentos no restante do texto.

Inicialmente, foi feito um levantamento quantitativo das ocorrências de segmentação não-convencional encontradas nas 45 produções escritas infantis que foram selecionadas – por sujeito e por proposta temática – de modo que tal levan-

TABELA 01: Levantamento das ocorrências de segmentação não-convencional.

	P-01	P-02	P-03	P-04	P-05	P-06	P-07	P-08	P-09	P-10	P-11	P-12	P-13	P-14	P-15	T%
S1	00	01	00	00	03	01	00	00	00	00	03	00	00	01	00	009 3,7
S2	03	03	07	02	10	12	04	04	01	01	10	04	04	01	04	070 28,2
S3	02	07	04	10	03	04	21	10	09	05	09	13	25	07	40	169 68,1
T	05	11	11	12	16	17	25	14	10	06	22	17	29	09	44	**248**
%	2	4,4	4,4	4,9	6,4	6,9	10	5,7	4	2,4	8,9	6,9	11,7	3,7	17,8	

Levantamento quantitativo de ocorrências de segmentação não-convencional (por sujeito e por proposta temática), no qual P se refere à proposta temática, S ao sujeito que produziu o texto, T (vertical) ao total de segmentações não-convencionais referente a cada sujeito (em todas as propostas) e T (horizontal) ao total referente a cada proposta.

tamento pudesse auxiliar no exame de diferenças entre os sujeitos e entre as propostas temáticas. O resultado desse levantamento mais geral pode ser observado na Tabela 01, em valores absolutos e, em parte, em valores percentuais[1].

Por meio dessa tabela e de posse de informações relativas à concepção e execução das atividades que envolveram as produções escritas selecionadas, foi possível visualizar alguns fatos a partir de como os dados se apresentavam: (a) variação significativa na totalidade de segmentações não-convencionais encontradas por sujeito; (b) variação significativa entre os sujeitos, no interior de cada proposta temática; e (c) variação significativa de um mesmo sujeito em diferentes propostas temáticas. Tais fatos são retomados posteriormente.

Optou-se por reunir as marcas lingüísticas de segmentação escrita não-convencional em função de propriedades mais gerais e/ou globais – propriedades que foram atribuídas, especificamente, ao funcionamento dessas marcas. Para tanto, foi feito também um levantamento quantitativo, que teve por objetivo indicar a freqüência com que aparecia o que foi considerado como tipos de funcionamento de tais marcas lingüísticas.

Nessa etapa, o interesse foi buscar possíveis regularidades referentes a possíveis funcionamentos das ocorrências de segmentação escrita não-convencional encontradas no material selecionado para análise, que permitissem conexões entre fatos particulares (cf. Caprettini, 1991, p. 160). Sem perder de vista o fato de que se lidava com *ocorrências únicas, instanciações episódicas e locais* (cf. Abaurre, 1996), atentou-se para o que, nessas ocorrências, permitia pensar o relacionamento entre os pequenos fatos de escrita infantil e o que poderia ser tido como global e/ou possível de ser generalizado.

Assinale-se que o que pareceu valer para todas as ocorrências de segmentação escrita não-convencional presentes no material selecionado para análise foi o fato de elas

---

1. O levantamento percentual foi feito apenas do total de segmentações não-convencionais referente a cada sujeito (em todas as propostas) e do total de segmentações não-convencionais referente a cada proposta.

resultarem sempre – embora em diferentes graus – do trânsito e/ou da co-ocorrência entre diferentes fatores.

Apresenta-se, na seqüência, quadro relativo à freqüência de aparecimento de cada tipo de funcionamento proposto[2].

No Quadro 01, apresenta-se a porcentagem de ocorrências relativas a quatro tipos de funcionamento. O primeiro deles é denominado "tentativas de escrita alfabética".

QUADRO 01: Freqüência de segmentações não-convencionais relativamente a cada tipo de funcionamento proposto.

Tipos de funcionamento	Total	%
(1) Segmentações não-convencionais resultantes de tentativas de escrita alfabética.	51	20,5
(2) Segmentações não-convencionais resultantes de oscilação entre diferentes trânsitos por constituintes prosódicos[3] e informações sobre o código escrito institucionalizado.	35	14,1
(3) Segmentações não-convencionais resultantes de oscilação entre constituintes abaixo do domínio da palavra fonológica na hierarquia prosódica (sílaba e pé) e informações sobre o código escrito institucionalizado.	64	25,9
(4) Segmentações não-convencionais resultantes de uma maior percepção de constituintes acima do domínio da palavra fonológica na hierarquia prosódica e, talvez em menor grau, de informações sobre o código escrito institucionalizado.	98	39,5

2. O cálculo proporcional foi obtido da seguinte forma: considerou-se a soma total de todas as ocorrências de segmentação não-convencional presentes no conjunto de produções textuais selecionado e, em função dessa soma, chegou-se a percentuais para cada "tipo de funcionamento" proposto.
3. Nas considerações que são feitas na tentativa de explicitar o que deve ser entendido como mais característico dos funcionamentos propostos em (2), (3) e (4), são feitas também algumas considerações sobre o que deve ser entendido por constituintes prosódicos e/ou hierarquia prosódica.

Nas produções textuais privilegiadas para análise, foram encontrados dois diferentes modos de tentativas de escrita alfabética. O primeiro refere-se às segmentações que parecem ser resultado do trânsito e/ou da co-ocorrência entre elementos de natureza fonético-fonológica e de informações sobre o código escrito institucionalizado (Corrêa, 1997). O segundo refere-se às segmentações cuja seleção das letras parece basear-se prioritariamente em informações sobre o código escrito institucionalizado, já que fica difícil indicar, dadas as características das propostas temáticas e a natureza dos dados, a existência de critérios baseados em aspectos fonético-fonológicos. Convém destacar que a dificuldade em indicar outros elementos e, particularmente, elementos de natureza fonético-fonológica não significa que esses elementos não possam, de algum modo, estar na base da constituição dessas ocorrências. Ou seja, se estiveram presentes, não foi possível detectar índices que permitissem localizar essa sua presença.

O Quadro 02 sintetiza, em valores absolutos e percentuais, a distribuição dos dados em função desses dois diferentes modos de tentativas de escrita[4].

QUADRO 02: Porcentagem de ocorrência referente a tentativas de escrita alfabética.

Tipos de funcionamento	Total	%
(1) Segmentações não-convencionais que parecem ser resultado de tentativas de escrita alfabética:	51	20,5
(1-A) as que parecem ser resultado do trânsito entre elementos de natureza fonético-fonológica e de informações sobre o código escrito institucionalizado;	22	8,9
(1-B) aquelas cuja seleção das letras parece basear-se prioritariamente em informações sobre o código escrito institucionalizado.	29	11,7

4. O cálculo proporcional foi obtido da seguinte forma: considerou-se a soma total de todas as ocorrências de segmentação não-convencional que funcionam como tentativas de escrita e, em função dessa soma, chegou-se a percentuais para cada um dos modos de tentativas propostos.

Voltando ao Quadro 01, nos funcionamentos propostos em (2), (3) e (4), observaram-se, por um lado, possíveis relações entre a estrutura das segmentações não-convencionais e um certo imaginário em torno do que foi considerado como *código escrito institucionalizado* (Corrêa, 1997) e, por outro, possíveis relações entre a estrutura das segmentações não-convencionais e os constituintes prosódicos[5].

A opção de observar relações entre a estrutura de segmentações não-convencionais e um certo imaginário em torno do código escrito institucionalizado deveu-se ao fato de se considerar que aspectos da circulação dos sujeitos por práticas sociais nas quais figura um certo imaginário sobre o código escrito institucionalizado, especialmente aquele construído pelo contexto escolar, podem ter contribuído para que as crianças propusessem determinadas formas de segmentação escrita não-convencional.

Analogamente, a opção de observar as possíveis relações entre a estrutura das segmentações não-convencionais e constituintes prosódicos deveu-se ao fato de se acreditar que fatos prosódicos, perceptíveis em sua materialidade fônica, podem ter contribuído para que as crianças propusessem determinadas formas de segmentação escrita não-convencional. Baseados, sobretudo, em Abaurre (1991, entre outros), Silva (1994) e Corrêa (1997), foi possível trabalhar com a hipótese de que a prosódia não seria exclusiva dos enunciados falados e poderia, de alguma forma, vir marcada em enunciados escritos – nos dados selecionados, atentou-se para a possibilidade de fatos prosódicos serem (também) intuídos e marcados pela presença ou ausência de uma marca gráfica: o branco.

---

5. Nesta etapa, duas vertentes de estudos, no interior da Lingüística, estiveram mais fortemente envolvidas: pesquisas sobre o componente fonético-fonológico da linguagem – sobretudo as voltadas para uma organização do componente prosódico da linguagem em categorias prosódicas hierarquizadas – e pesquisas sobre aspectos do que se vem definindo como letramento.

Tendo especificado, no capítulo antecedente, o que deveria ser entendido por *código escrito institucionalizado*, resta expor o que deve ser entendido por *constituintes prosódicos* e/ou fatos prosódicos. A preocupação será apenas apontar algumas características do que deve ser entendido como *constituintes prosódicos*. Para uma discussão mais detalhada a esse respeito, conferir os trabalhos mencionados a seguir.

Constituintes prosódicos

Algumas pesquisas interessadas em aspectos fonético-fonológicos das línguas têm se preocupado com o que tem sido chamado de componentes não-segmentais, supra-segmentais e/ou prosódicos da fala[6]. Segundo Scarpa (1999, p. 8), o termo *prosódia* recobriria, no interior de estudos lingüísticos, uma extensão variada de fenômenos que englobariam parâmetros de altura, intensidade, duração, pausa, velocidade de fala, bem como o estudo dos sistemas de tom e entoação, acento e ritmo das línguas naturais. Scarpa sugere a existência de dois grandes pólos de interesse no que se tem chamado de estudos prosódicos: de um lado, existiriam estudos voltados para o tratamento acústico, mensurável, instrumental de altura, intensidade e quantidade, correlatos perceptuais de freqüência, volume e duração. De outro, ficariam os estudos voltados para a consideração fonológica das organizações e representações dos sistemas de acento, ritmo e entoação nas línguas e suas interfaces com os demais componentes lingüísticos.

No interior do segundo pólo, podem ser incluídos estudos que se baseiam na noção de que a fala seria orga-

---

6. A diversidade terminológica constitui indício de perspectivas teóricas diversas. Segundo Scarpa (1999, p. 8), a preferência pelo termo *prosódia* – em vez de *supra-segmento* – é justificada pela certeza, sobretudo das teorias fonológicas não-lineares, de que os fatos fônicos segmentais e os fatos prosódicos não seriam independentes.

nizada hierarquicamente em constituintes prosódicos. Nesses estudos – cf., por exemplo, Selkirk (1984) e Nespor e Vogel (1986) – são propostos diferentes modelos de análise do componente prosódico das línguas. Cada modelo de análise conta com determinadas hierarquias prosódicas dispostas a partir de diferentes domínios. O número de domínios prosódicos em cada hierarquia difere em decorrência do modelo adotado. Para Selkirk (1984), por exemplo, o componente prosódico das línguas se organizaria a partir de cinco domínios; Nespor e Vogel (1986), por sua vez, defendem a existência de pelo menos sete domínios[7]. Adotou-se, para análise das ocorrências de segmentação não-convencional, o modelo desenvolvido por Nespor e Vogel (1986)[8].

No referido modelo, busca-se mostrar evidências de que a fala, em diferentes línguas, seria organizada hierarquicamente em constituintes prosódicos, a maioria dos quais, por sua vez, seria construída com base em informações de outros componentes da gramática[9] – cada constituinte contaria, pois, para sua definição inicial de domínio, com informações de diferentes tipos (fonológicas e não-fonológicas). Vê-se aqui que uma das preocupações é pôr em evidência que a interpretação de processos fonológicos e, mais especificamente, de processos relativos ao componente prosódico das línguas depende crucialmente de informações advindas de outros componentes da gramática.

7. As divergências entre os diferentes modelos de análise do componente prosódico da fala não se limitam ao número de domínios postulados. Para uma discussão preliminar sobre diferenças entre os modelos de análise prosódica, cf. Tenani (2002).
8. Cabe salientar que nosso interesse não foi discutir a pertinência da adoção desse modelo para a análise do componente prosódico do português brasileiro, mas, tão-somente, observar a possibilidade de atuação de domínios prosódicos, como propostos no modelo em questão, nas produções escritas infantis selecionadas e, particularmente, nos momentos em que as crianças ora deixavam de colocar espaços em branco previstos pelas normas ortográficas, ora os colocavam excessivamente.
9. O termo *gramática* deve ser entendido no sentido em que lhe atribuem os estudos em Gramática Gerativa.

Embora ocorram situações em que os constituintes prosódicos correspondem a constituintes morfológicos e sintáticos das línguas, é imprescindível atentar para o fato de que não há isomorfia entre os constituintes prosódicos e esses componentes da gramática, ou seja, os elementos prosódicos não têm uma relação isomórfica com os constituintes gramaticais ou com categorias semânticas.

Os constituintes prosódicos são definidos com base no mapeamento de regras de incorporação de vários componentes da gramática e são agrupados em uma estrutura hierárquica em concordância com os seguintes princípios: (i) cada unidade da hierarquia prosódica é constituída por uma ou mais unidades da categoria imediatamente mais baixa; (ii) cada unidade consta exaustivamente na unidade imediatamente superior da qual faz parte; (iii) os constituintes são estruturas n-árias; e, por fim, (iv) a relação de proeminência relativa, que se estabelece entre nós irmãos, é tal que a um só nó se atribui o valor forte (s) e a todos os demais o valor fraco (w) (Nespor e Vogel, 1986, p. 7).

O modelo desenvolvido por Nespor e Vogel (1986) lida com a formalização do componente prosódico em sete domínios: sílaba, pé, palavra fonológica, grupo clítico, frase fonológica, frase entoacional e enunciado fonológico. Serão acentuadas, consecutivamente, algumas características relativas a cada um desses domínios.

A *sílaba* (σ) constitui a menor unidade prosódica[10]. Assim como os demais constituintes, ela possui um cabeça (nó com valor forte), que em português brasileiro é sempre uma vogal, e, possivelmente, seus dominados (nós com valor fraco), que em português brasileiro podem ser consoantes ou *glides*. No modelo prosódico proposto por Nespor e Vogel (1986), as sílabas são agrupadas em *pés*.

O *pé métrico* (Σ) é uma estrutura hierárquica menor ou igual à palavra que se define pela relação de dominância

---

10. Para uma discussão a respeito da estrutura interna da sílaba, cf., por exemplo, Goldsmith (1990).

que se estabelece entre duas ou mais sílabas. O pé é uma estrutura relativa que se caracteriza por ser forte ou fraco somente em relação a outros elementos. Pode ser, entre outros, troqueu (forte/fraco) ou iambo (fraco/forte). Ver os exemplos abaixo:

(a) *casa*
(b) *café*
(c) *borboleta*

Em (a), a palavra "casa" constitui um pé troqueu, uma vez que, em relação à sílaba /za/, /ka/ se constitui como uma sílaba forte. Em (b), ocorre um pé iambo, dado que, em relação à sílaba /ka/, a sílaba /fɛ/ se constitui como uma sílaba forte. Em (c), ocorre um exemplo de uma palavra constituída por dois pés troqueus: /borbo/ /leta/.

A *palavra fonológica* (ω) é a categoria que domina imediatamente o *pé* e na qual ocorre a interação entre os componentes fonológicos e morfológicos da gramática. Não há isomorfia entre a palavra fonológica e a palavra morfológica. Para citar apenas um exemplo, a palavra morfológica *guarda-roupa* se constitui por duas palavras fonológicas: [guarda] ω [roupa] ω. A palavra fonológica é uma unidade prosódica dominada, no modelo proposto por Nespor e Vogel (1986), pelo *grupo clítico* e é composta por um ou mais pés – por exemplo, *casa* e *borboleta*.

O *grupo clítico* (C) constitui uma unidade prosódica que segue imediatamente a palavra fonológica e é formado por uma única palavra de conteúdo acompanhada de clíticos (palavras funcionais átonas, como artigos, preposições, conjunções)[11]. Num enunciado como *A casa da Ana fica em Marília* têm-se os seguintes grupos clíticos:

---

11. Este nível hierárquico não consta em outros modelos de análise prosódica, pois, segundo Bisol (1996), freqüentemente o clítico é entendido como um elemento da palavra fonológica. Para Bisol (1996), os clíticos do português brasileiro – proclíticos e enclíticos – mostram "propriedades de dependência com relação à palavra seguinte ao mesmo tempo que revelam certa independência" (Bisol, 1996, p. 252). A

[A casa]C [da Ana]C [fica]C [em Marília]C

A *frase fonológica* (ɸ) constitui uma categoria prosódica que congrega um ou mais grupos clíticos. O domínio da frase fonológica é a *frase entoacional*. No enunciado apresentado anteriormente, têm-se as seguintes frases fonológicas:

[A casa da Ana] ɸ [fica em Marília] ɸ

A *frase entoacional* (I) constitui uma unidade prosódica definida como o conjunto de frases fonológicas ou apenas uma frase fonológica (ɸ) que porte uma linha entoacional. Para Nespor e Vogel (1986, p. 188), a regra básica de formação da frase entoacional fundamenta-se na noção de que ela é o domínio de um contorno de entoação e de que os fins de frases entoacionais coincidem com posições em que as pausas podem ser introduzidas. Bisol (1996) salienta que existem duas características para a identificação de uma frase entoacional: (a) em uma seqüência de (ɸs) que constituam uma (I), uma delas é forte por características semânticas, e todas as demais são fracas (embora acrescente que tal característica varia muito em função do estilo, da rapidez da fala e do foco semântico); (b) uma sentença, em geral, declarativa, exclamativa ou interrogativa, tem um contorno entoacional determinado, embora se deva levar em conta uma certa flexibilidade[12]. No enunciado *A casa da Ana fica em Marília* tem-se uma frase entoacional – a palavra em

---

autora admite que em português "o clítico se comporta com certa independência em relação ao vocábulo adjacente" (Bisol, 1996, p. 252). Uma evidência apresentada por essa autora para sustentar sua proposta de existência do grupo clítico como domínio prosódico relevante para o português brasileiro é o aparecimento, nesse nível hierárquico, de processos de sândi. Entretanto, a própria autora admite que "tomar o grupo clítico junto à palavra adjacente por locução, [...] para exemplificar o grupo clítico como constituinte prosódico, ou tomá-lo como parte da palavra fonológica *é ainda uma questão em aberto*" (Bisol, 1996, p. 254, grifo nosso).
12. A frase entoacional é a menor unidade da hierarquia capaz de expressar conteúdo informativo e contém uma proeminência acentual (acento nuclear). Ela pode, inclusive, ser composta por uma única palavra.

negrito indica uma proeminência acentual possível para este enunciado:

[A casa da Ana fica em **Marília**] I

O *enunciado fonológico* (U) é o constituinte mais alto da hierarquia prosódica. Para definição de suas fronteiras, são apontadas duas características básicas: (a) começo e fim de um constituinte sintático; (b) proeminência relativa, que atribui *forte* ao nó s mais à direita. O enunciado fonológico (U) pode ser composto de uma ou mais frases entoacionais.

Esses domínios prosódicos constituíram uma das bases para a organização e discussão feita de dados de segmentação escrita não-convencional, já que se acreditava na possibilidade de atuação de domínios prosódicos, como propostos no modelo em questão, nas produções escritas infantis, particularmente nos momentos em que as crianças lidam com a distribuição do fluxo textual em porções menores.

Sobre os funcionamentos em (2), (3) e (4)

Com base nas afirmações feitas até aqui na tentativa de expor o que deveria ser entendido por *constituintes prosódicos*, é possível retomar, então, a explicitação do que foi entendido como mais característico dos funcionamentos propostos em (2), (3) e (4) no Quadro 01.

Destaca-se, com relação a esses funcionamentos, que a atribuição de possíveis relações entre a estrutura das segmentações não-convencionais encontradas e constituintes prosódicos – um dos objetivos do exame das segmentações não-convencionais reunidas nos funcionamentos propostos em (2), (3) e (4) – passa, necessariamente, pela leitura que deve ser feita dos enunciados escritos pelas crianças. Ou seja, na tentativa de estabelecer relações entre os enunciados infantis com momentos de escrita não-convencional e os constituintes prosódicos, como definidos no modelo proposto por Nespor e Vogel (1986), foi preciso conferir aos textos infantis uma possível leitura[13], uma vez que os aspectos prosódicos da/na escrita sobrevêm, especialmente, pela leitura.

Voltando, então, ao Quadro 01, o funcionamento proposto em (2) se refere a uma provável ênfase das crianças ora em uma percepção mais acentuada de fatos prosódicos que possivelmente produzem em sua variedade lingüística falada, ora em um certo imaginário sobre o código escrito institucionalizado.

Em sentido lato, esse é o funcionamento proposto para as ocorrências agrupadas em (2), (3) e (4). Todavia, as ocorrências agrupadas especificamente em (2) referem-se a situações nas quais não seria possível propor uma explicação consistente se fosse considerada, para a definição das fronteiras das ocorrências de segmentação não-convencional, apenas a localização dos espaços em branco, ou seja, apenas sua presença nas fronteiras da ocorrência (início e fim). É o caso da ocorrência abaixo:

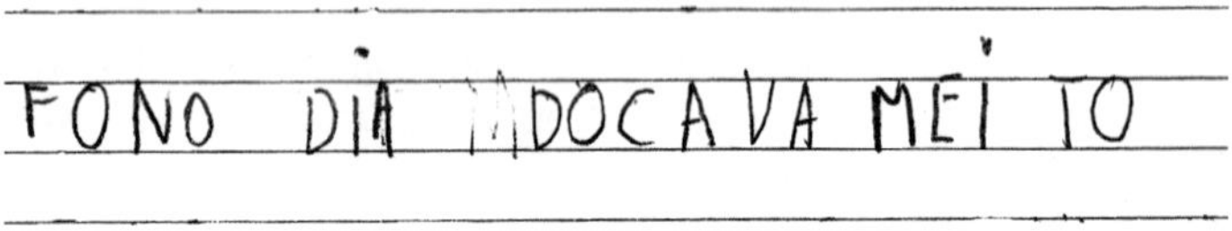

FONO DIA DOCAVA MEI TO

(**Tradução:** Foi no dia do casamento)
FIGURA 02: texto 06-02.

Se fosse considerado apenas o critério principal acima mencionado, uma das seqüências privilegiadas para discussão

---

13. A leitura atribuída às produções textuais selecionadas para análise nem sempre é a única possível, sobretudo porque, em muitos momentos dessas produções textuais, as crianças não fazem uso, por exemplo, de sinais de pontuação – possíveis indicadores de uma leitura privilegiada para os textos. Assim, optou-se por considerar uma possibilidade de leitura e, a partir daí, uma possibilidade de relação entre as ocorrências de segmentação escrita não-convencional e os constituintes prosódicos.

seria *FONO*. Entretanto, essa seqüência teria uma explicação mais consistente se fosse considerada a escrita da palavra *dia*. Por essa razão, nas ocorrências agrupadas em (2), para a identificação de fronteiras das segmentações não-convencionais consideraram estruturas lingüísticas que antecederam e/ou sucederam a marcação não-convencional de espaços em branco como constitutivos da ocorrência e, logo, relevantes para discussão[14].

Não foi proposta, para os dados agrupados sob esse funcionamento, nenhuma subdivisão. Ver, uma vez mais, o total, em valores absolutos e perceptuais, dos dados agrupados sob o funcionamento em questão:

QUADRO 03: Porcentagem de ocorrência referente à oscilação entre diferentes trânsitos por constituintes prosódicos e informações sobre o código escrito institucionalizado.

Tipos de funcionamento	Total	%
(2) Segmentações não-convencionais resultantes de oscilação entre diferentes trânsitos por constituintes prosódicos e informações sobre o código escrito institucionalizado.	35	14,1

Com relação especificamente ao funcionamento proposto em (3) no Quadro 01 – referente às ocorrências de segmentação não-convencional resultantes de uma possível oscilação entre constituintes abaixo do domínio da palavra fonológica na hierarquia prosódica e informações sobre o código escrito institucionalizado –, foram encontrados dois diferentes modos de trânsito e/ou de co-ocorrência entre esses dois fatores.

---

14. Para a identificação das ocorrências de segmentação escrita não-convencional adotou-se, portanto, um *rigor flexível*, como proposto por Ginzburg (1989, p. 178). A adoção de tal rigor e, conseqüentemente, a assunção de diferentes critérios – não-aleatórios – têm em vista o cumprimento de nossos objetivos.

O Quadro 04 sintetiza, em valores absolutos e percentuais, a distribuição dos dados em função desses dois diferentes modos[15]:

QUADRO 04: Porcentagem de ocorrências resultantes de oscilação entre constituintes abaixo do domínio da palavra fonológica na hierarquia prosódica e informações sobre o código escrito institucionalizado.

Tipos de funcionamento	Total	%
(3) Segmentações não-convencionais resultantes de oscilação entre constituintes abaixo do domínio da palavra fonológica na hierarquia prosódica e informações sobre o código escrito institucionalizado:	64	25,9
(3-A) segmentações não-convencionais resultantes de oscilação entre uma percepção de unidades gráficas autônomas e uma percepção de sílabas prosódicas;	29	11,8
(3-B) segmentações não-convencionais resultantes de oscilação entre uma percepção de unidades gráficas autônomas e uma percepção de pés métricos.	35	14,1

Ainda com relação ao Quadro 01, o funcionamento proposto em 04 refere-se às segmentações não-convencionais em que a localização dos espaços em branco nas fronteiras (início e fim) das ocorrências permite pensar que as crianças tenham, talvez, se baseado, preferencialmente, em uma percepção de fatos prosódicos que, possivelmente, produzem em sua variedade lingüística falada, para propor tais segmentações – embora não se descarte a possibilidade de que a percepção de fatos mais próprios à escrita institucionalizada possa ter também fornecido apoio para as pro-

---

15. O cálculo proporcional foi obtido da seguinte forma: considerou-se a soma total de todas as ocorrências de segmentação não-convencional que resultam do trânsito entre uma percepção de unidades gráficas autônomas – código escrito institucionalizado – e uma percepção de categorias prosódicas e, em função dessa soma, chegou-se a percentuais para cada um dos modos propostos para esse funcionamento.

postas de segmentação. Foram encontrados quatro diferentes modos relativos ao funcionamento proposto em 04.

O Quadro 05 sintetiza, em valores absolutos e percentuais, a distribuição dos dados em função desses quatro diferentes modos de funcionamento[16]:

QUADRO 05: Porcentagem de ocorrências resultantes de uma maior percepção de constituintes acima do domínio da palavra fonológica na hierarquia prosódica e, talvez em menor grau, de informações sobre o código escrito institucionalizado.

Tipos de funcionamento	Total	%
(4) Segmentações não-convencionais resultantes de uma maior percepção de constituintes acima do domínio da palavra fonológica na hierarquia prosódica e, talvez em menor grau, de informações sobre o código escrito institucionalizado:	98	39,5
(4-A) segmentações não-convencionais resultantes de uma maior percepção de um grupo clítico e, talvez em menor grau, de informações sobre o código escrito institucionalizado;	34	13,7
(4-B) segmentações não-convencionais resultantes de uma maior percepção de uma frase fonológica e, talvez em menor grau, de informações sobre o código escrito institucionalizado;	37	14,9
(4-C) segmentações não-convencionais resultantes de uma maior percepção de uma frase entoacional e, talvez em menor grau, de informações sobre o código escrito institucionalizado;	15	6,0

continua ▶

---

16. O cálculo proporcional foi obtido da seguinte forma: considerou-se a soma total de todas as ocorrências de segmentação não-convencional que resultam de uma maior percepção de constituintes acima do domínio da palavra fonológica na hierarquia prosódica e, talvez em menor grau, de informações sobre o código escrito institucionalizado e, em função dessa soma, chegou-se a percentuais para cada um dos modos propostos para esse funcionamento.

Tipos de funcionamento	Total	%
(4-D) segmentações não-convencionais resultantes de uma maior percepção de um enunciado fonológico e, talvez em menor grau, de informações sobre o código escrito institucionalizado.	12	4,9

Pelo exposto até o momento, nota-se que, com base no aparato teórico que norteou a análise, foram propostos quatro diferentes tipos de funcionamentos e/ou propriedades mais gerais das marcas lingüísticas de segmentação escrita não-convencional encontradas no material privilegiado para análise, funcionamentos estes que contêm, cada um deles – exceção feita ao funcionamento proposto em (2) –, subdivisões. Para encerrar a apresentação dos dados em função desses funcionamentos, faz-se, na seqüência (Quadro 06), uma apresentação geral de todos os tipos de funcionamentos propostos e suas subdivisões:

QUADRO 06: Funcionamentos propostos e suas subdivisões.

Tipos de funcionamento
(1) Segmentações não-convencionais resultantes de tentativas de escrita alfabética:
(1-A) segmentações que parecem ser resultado do trânsito entre elementos de natureza fonético-fonológica e de informações sobre o código escrito institucionalizado;
(1-B) segmentações cuja seleção das letras parece basear-se prioritariamente em informações sobre o código escrito institucionalizado.
(2) Segmentações não-convencionais resultantes de oscilação entre diferentes trânsitos por constituintes prosódicos e informações sobre o código escrito institucionalizado.

continua ▶

Tipos de funcionamento

(3) Segmentações não-convencionais resultantes de oscilação entre constituintes abaixo do domínio da palavra fonológica na hierarquia prosódica (sílaba e pé) e informações sobre o código escrito institucionalizado:
 	
    (3-A) segmentações não-convencionais resultantes de oscilação entre uma percepção de unidades gráficas autônomas e uma percepção de sílabas prosódicas;
 	
    (3-B) segmentações não-convencionais resultantes de oscilação entre uma percepção de unidades gráficas autônomas e uma percepção de pés métricos.

(4) Segmentações não-convencionais resultantes de uma maior percepção de constituintes acima do domínio da palavra fonológica na hierarquia prosódica e, talvez em menor grau, de informações sobre o código escrito institucionalizado.
 	
    (4-A) segmentações não-convencionais resultantes de uma maior percepção de um grupo clítico e, talvez em menor grau, de informações sobre o código escrito institucionalizado;
 	
    (4-B) segmentações não-convencionais resultantes de uma maior percepção de uma frase fonológica e, talvez em menor grau, de informações sobre o código escrito institucionalizado;
 	
    (4-C) segmentações não-convencionais resultantes de uma maior percepção de uma frase entoacional e, talvez em menor grau, de informações sobre o código escrito institucionalizado;
 	
    (4-D) segmentações não-convencionais resultantes de uma maior percepção de um enunciado fonológico e, talvez em menor grau, de informações sobre o código escrito institucionalizado.

Para concluir e com a finalidade de observar quais tipos de funcionamento estariam presentes, de modo mais privilegiado, nos três sujeitos, apresenta-se, na Tabela 02, em valores absolutos e percentuais, a distribuição dos dados em função do aparecimento dos diferentes modos de funcionamento propostos em cada um dos sujeitos:

TABELA 02: Distribuição dos tipos de funcionamento por sujeito.

	Funcionamento (1)	Funcionamento (2)	Funcionamento (3)	Funcionamento (4)
S-1	00/0%	03/8,6%	03/4,7%	03/3%
S-2	07/13,7%	08/22,8%	26/40,6%	28/28,6%
S-3	44/86,3%	24/68,6%	35/54,7%	67/68,4%

Por meio da tabela acima, é possível observar que os sujeitos são capturados diferentemente pelos funcionamentos encontrados no material privilegiado para análise. Essas diferenças são comentadas subseqüentemente.

Seria possível observar ainda, em valores absolutos e percentuais, as diferenças entre os sujeitos no interior de cada modo de funcionamento proposto em (1), (3) e (4). Contudo, pareceu mais vantajoso observar tais diferenças a partir da discussão feita a respeito de cada um desses funcionamentos.

Vale ressaltar que o levantamento feito teve por objetivo mostrar algumas tendências mais gerais de funcionamento dos dados. Buscou-se, com isso, uma abordagem globalizada dos textos privilegiados para análise – os resultados obtidos por meio dos levantamentos feitos acima falam, pois, sobre o conjunto de segmentações não-convencionais selecionados para análise. Entretanto, cada um dos funcionamentos propostos pode ser exemplificado a partir de marcas lingüísticas, às vezes, muito diferentes entre si. Na seção seguinte, na qual se buscou trazer diferentes marcas lingüísticas para discussão, selecionaram-se pequenos fatos da escrita infantil ora bastante freqüentes no material selecionado, ora muito particulares, mas que guardam em comum o fato de, possivelmente, manifestarem o mesmo modo de funcionamento.

Processos motivadores das ocorrências de segmentação escrita não-convencional

Nesta etapa, o propósito foi fazer algumas considerações sobre os resultados apresentados na seção anterior, por meio de discussões sobre diferentes marcas lingüísticas e/ou pequenos fatos da escrita infantil. Deixaram-se as considerações a respeito da Tabela 01, relativa à totalidade de segmentações escritas não-convencionais encontradas, para o final. Tal opção resulta do fato de se entender que as questões que são mobilizadas acerca de cada funcionamento proposto contribuiriam para compreender melhor os resultados obtidos a partir da distribuição feita na Tabela 01.

Nas seções seguintes, então, tratou-se, respectivamente, de aspectos das segmentações não-convencionais que funcionam: (1) como tentativas de escrita alfabética; (2) como resultado de oscilação entre diferentes trânsitos por constituintes prosódicos e informações sobre o código escrito institucionalizado; (3) como resultado de oscilação entre constituintes abaixo do domínio da palavra fonológica na hierarquia prosódica e informações sobre o código escrito institucionalizado; e, por fim, (4) como resultado de uma maior percepção de constituintes acima do domínio da palavra fonológica na hierarquia prosódica e, talvez em menor grau, de informações sobre o código escrito institucionalizado.

Segmentações não-convencionais como tentativas de escrita alfabética

O funcionamento proposto em (1) – apresentado no Quadro 02 – e que foi designado por tentativas de escrita alfabética refere-se, como foi antecipado, a momentos nos quais o escrevente parece circular por fatos de natureza fonético-fonológica e pelo código escrito institucionalizado – ou, ainda, prioritariamente por esse código.

Os dados com base nos quais foi encontrado esse tipo de funcionamento não constam em trabalhos que tratam de aspectos de segmentação correlacionados ao período tradicionalmente denominado como de aquisição da escrita. Esse fato pode ser resultado da dificuldade de atribuição de sentidos convencionais a tais dados, ou seja, seqüências de letras separadas por espaços em branco como as agrupadas nesse tipo de funcionamento distanciam-se bastante das normas e convenções da escrita privilegiada pela escola e, por isso, a atribuição de sentidos a esse tipo de ocorrência fica comprometida, mesmo quando se levam em consideração outros fatores – como a proposta temática da qual os dados fazem parte.

Esses dados foram, entretanto, observados por Rossi (2002) e Delecrode (2002). Essas autoras discutem, respectivamente, hipersegmentações e hipossegmentações[17] presentes em produções textuais realizadas por crianças da primeira série do ensino fundamental. As autoras visavam à compreensão de fatores possivelmente envolvidos em ocorrências desses tipos de segmentação na escrita infantil e, conseqüentemente, à compreensão de modos como as crianças perceberiam, em diferentes momentos de seu desenvolvimento lingüístico, a relação entre fatos da oralidade e fatos do letramento.

No levantamento que fizeram de dados hipo e hipersegmentados – presentes nas produções textuais que examinaram –, advertiram, de um lado, que não foram quaisquer junções de palavras e, de outro, que não foram quaisquer separações de palavras consideradas para análise. Para a seleção das junções e separações, Rossi (2002) e Delecrode (2002) estabeleceram alguns critérios. Dentre esses critérios optaram pela: (i) exclusão de agrupamentos de letras delimitados por espaços em branco em textos nos quais a atribuição de sentidos para toda a produção textual se mostrou bastante comprometida; e, também, pela (ii) exclusão

---

17. Cf., no Capítulo 1, a definição desses dois conceitos.

de agrupamentos de letras delimitados por espaços em branco aos quais não foi possível a atribuição de sentido, embora seja perceptível que elementos como os de natureza prosódica – já que os agrupamentos observados se mostram em blocos que sugeririam o apoio em estruturas da oralidade – e de informação letrada – tais agrupamentos, por serem preenchidos por letras do alfabeto, mostrariam que as crianças se apóiam, em alguma medida, em "informações letradas" – estejam na base da colocação de espaços em branco pela criança.

Preferiu-se entender dados semelhantes aos encontrados por Rossi (2002) e Delecrode (2002) – e concebidos pelas autoras como "dificuldades metodológicas" – como segmentações não-convencionais por considerar-se que a presença de marcas gráficas como o branco, nesses dados, implicaria que as crianças estariam, de algum modo, propondo alguma distribuição do fluxo textual em porções menores. Tal opção fica justificada também pelo fato de, em muitos dos agrupamentos de letras delimitados por espaços em branco – aos quais fica comprometida a atribuição de sentidos –, ser possível observar a presença de elementos de natureza fonético-fonológica e de código escrito institucionalizado – como acertadamente observaram Rossi (2002) e Delecrode (2002).

Portanto, o fato de a atribuição de sentidos se mostrar comprometida não implicaria que a presença de segmentação, e, mais especificamente, a presença de segmentação não-convencional, não poderia ser observada.

Nas produções textuais selecionadas foram encontrados dois diferentes modos de tentativas de escrita. O primeiro, apresentado no Quadro 02 e designado por (1-A), refere-se às segmentações que resultariam do trânsito e/ou da co-ocorrência entre elementos de natureza fonético-fonológica e fatos do código escrito institucionalizado.

O sujeito 01 não produziu nenhuma segmentação escrita que tivesse como característica mais geral ser uma tentativa de escrita do tipo (1-A). O fato de esse tipo de funcionamento não capturar o sujeito 01 constitui um indício da relação particular que esse sujeito estabelece com a linguagem escrita: ele parece ser capturado por funcionamentos mais convencionais da escrita privilegiada pela escola, talvez pelo fato de estar imerso em situações de uso da escrita em seu funcionamento preferido pela instituição escolar.

Segundo Abaurre (1991), algumas crianças teriam menos problemas de segmentação em função de estarem imersas em ambientes em que presenciariam ou participariam de práticas sociais em que a escrita tida como convencional apareceria com alta freqüência. Correlativamente, é possível pensar que algumas crianças teriam mais "problemas" de segmentação – e outros "problemas" ligados às convenções escritas – em função de estarem imersas em ambientes em que presenciariam ou participariam de práticas sociais em que a escrita convencional apareceria com uma freqüência mais baixa ou ainda participariam de práticas sociais de letramento não privilegiadas pela escola.

Nesse sentido, é possível sugerir que cada criança estará na escola mobilizando diferentes modos e histórias de contato que têm com tais práticas em seu ambiente socioeconômico-cultural. Supõe-se, portanto, com base fundamentalmente em Abaurre (1991), Kleiman (1995) e Soares (1998), que diferentes modos e histórias de contato que as crianças têm com práticas que envolvem um certo imaginário sobre uma escrita, em seu ambiente socioeconômico-cultural, atravessam, sobremaneira, o contato que têm com as práticas de letramento privilegiadas pela escola.

Essa afirmação explicaria, em alguma medida, de um lado, o fato de o sujeito 01 não ser capturado pelo funcionamento designado como tentativas de escrita e, de outro, o fato de tais tentativas serem privilegiadamente usadas pelos sujeitos 02 e 03. Ou seja, é possível conjecturar que, talvez, o sujeito 01 estivesse imerso em um contexto sociocultural no qual as práticas de escrita valorizadas pela escola estivessem mais presentes em sua história.

Essa hipótese fica de certo modo confirmada pelo contato que tivemos com esses sujeitos: embora fossem alunos da mesma sala de aula, ocupando, em algum sentido, *lugares* (Pêcheux, 1990) semelhantes – alunos de escolas públicas pertencentes a famílias de classe econômica menos favorecida –, a *posição* (Pêcheux, 1990) ocupada pelo sujeito 01 diferenciava-se das *posições* ocupadas pelos sujeitos 02 e 03. Retomando uma vez mais as afirmações de Pêcheux (1990), é preciso lembrar que os *lugares* – previstos e historicamente determinados nos processos discursivos em que são colocados em jogo – não funcionam como tais no interior desse processo discursivo; um *lugar* como *feixe de traços objetivos* "se encontra aí representado, isto é, *presente, mas transformado*" (Pêcheux, 1990, p. 82, grifo do autor). Isso porque "existem nos mecanismos de qualquer formação social regras de projeção, que estabelecem as relações entre as *situações* (objetivamente definíveis) e as *posições* (representações destas situações)" (Pêcheux, ibidem, grifo do autor). O sujeito 01, pois, embora aluno de escola pública pertencente a uma família de classe econômica menos favorecida – *lugar* –, estava imerso num ambiente em que as práticas de escrita privilegiadas pela escola eram incentivadas e valorizadas – *posição* –, o que, aparentemente, não ocorria com os sujeitos 02 e 03.

Além disso, o fato de esse tipo de funcionamento não capturar o sujeito 01, relativamente ao aspecto privilegiado, não significa que não o capture em outros momentos e, talvez, até mesmo, com outros símbolos gráficos. Ou seja, embora na observação de marcas gráficas de segmentação escrita não-convencional o sujeito 01 não tenha apresentado nenhuma tentativa de escrita, isso não significa que ele não possa ser capturado por esse funcionamento, por exemplo, quando lida com a colocação e/ou distribuição de parágrafos, ou com a distribuição do fluxo textual em versos ou ainda com a marcação de pontuação.

O sujeito 02, por seu turno, apresenta alguns dados que funcionam como tentativas de escrita. Ver, a título de exemplo, a ocorrência abaixo:

> O PIAEI DE

(Sem tradução)[18]
FIGURA 03: texto 01-02.

Embora a atribuição de sentidos a esse agrupamento de letras se mostre bastante comprometida, recuperando-se fatos das circunstâncias de produção do texto em que esse agrupamento de letras aparece, é possível reconhecer as "palavras" *O* e *DE* e, entre essas "palavras", possivelmente, parte de uma palavra que deveria ser escrita na produção textual da qual essa ocorrência faz parte: *pirata*. Observe que, na ocorrência *PIAEI*, a criança não escolhe quaisquer letras e não as coloca em quaisquer lugares: as três primeiras letras que iniciam essa seqüência são letras que fazem parte da palavra *pirata*. Além disso, a localização dessa seqüência de letras no texto (na folha em branco) obedece à disposição do texto apresentado para reprodução pela professora (cf. "Anexos").

Certamente essa aparente preocupação da criança com a qualidade e com a disposição das letras na folha em branco pode ter sido motivada pela memorização dessas letras tais como apareciam no fragmento citado. No entanto, é inegável, também, que aspectos da enunciação oral desse fragmento podem estar envolvidos. Como sabemos, a escrita, embora não se reduza a uma representação da fala, obedece, em graus diversos, a princípios fonético-fonológicos; em outras palavras, existem relações entre grafemas e fonemas, embora essas relações não sejam unívocas e previsíveis. A seleção das letras, portanto, pode não ter sido feita apenas com base na memorização da forma gráfica do fragmento, mas também pode estar ligada à percepção de

---

18. Sempre que possível, indicou-se abaixo do trecho selecionado para discussão uma "tradução", que toma por base convenções ortográficas. Quando não foi possível realizar a "tradução", indicou-se, como foi feito nesta primeira ocorrência, tal impossibilidade.

aspectos fonético-fonológicos da oralidade vinculados, convencionalmente, a nosso sistema de escrita.

Essa ocorrência caracteriza uma tentativa de escrita porque a criança, entre outros fatos, não seleciona quaisquer letras e não faz uma distribuição aleatória delas. É possível observar nesse exemplo – bem como em outros exemplos semelhantes – uma preocupação da criança com a distribuição dos espaços em branco – ela delimita por espaços em branco porções de letras que, eventualmente, pode ter interpretado como "palavras".

O sujeito 03, por sua vez, também apresenta dados que funcionam como tentativas de escrita. Ver, a título de exemplo, a ocorrência abaixo:

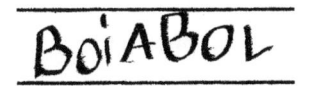

<u>BoiABOL</u>

(Sem tradução)
FIGURA 04: texto 02-03.

Embora uma vez mais a atribuição de sentidos a esse agrupamento de letras se mostre bastante comprometida, é possível reconhecer uma "palavra" – *boi* – e, aparentemente, parte de uma outra – **bola**. Na produção textual da qual essa ocorrência faz parte, entretanto, essas palavras não precisariam ser escritas. A criança, nesse exemplo, parece ter optado por preencher o espaço em branco com palavras e parte de palavras com as quais ela aparentemente já se sentia segura no que se refere a seu reconhecimento de acordo com as convenções ortográficas. Além disso, essas "palavras" podem ter sido memorizadas por essa criança – essas palavras, inclusive, constavam de atividades que precederam a produção do texto do qual essa ocorrência faz parte[19].

---

19. Em atividades realizadas em sala de aula, a professora trabalhou a canção "Boi da cara preta". Esse trabalho seguiu procedimentos utilizados também nas propostas de produção textuais 01, 02, 03, 04, 09 e 10.

Neste ponto, são necessárias algumas considerações. As afirmações feitas acima poderiam levar a pensar que o sujeito 03 e, conseqüentemente, também o sujeito 02, no funcionamento proposto em (01-A), escolheram mecanicamente algumas letras e/ou palavras para preencher o espaço em branco. Não é, entretanto, esse efeito de sentido que se busca com as afirmações precedentes.

Fundamentados nas afirmações de Bakhtin (1992), pressupõe-se que, durante o processo de elaboração de um enunciado, as crianças não selecionam uma palavra ou grupo de palavras ou de letras do "sistema da língua, da neutralidade *lexicográfica*" (Bakhtin, 1992, p. 312, grifo do autor). Ao contrário, as crianças – assim como todos nós – parecem "retirá-las" de outros enunciados, e, muito provavelmente, de enunciados que estão de alguma forma relacionados ao enunciado que elas estão produzindo.

Entendendo, pois, que um enunciado absolutamente neutro é impossível, fica difícil aceitar que as crianças buscariam, na neutralidade da língua e da escrita, algumas letras e/ou palavras para preencher uma folha em branco. Contrariamente a essa afirmação, supõe-se que mesmo letras e palavras (na situação discursiva privilegiada – atividades realizadas em contexto escolar – e em função da esfera de atividade humana selecionada para discussão – a aprendizagem da leitura e da escrita em instituição escolar) constituem uma informação que se dirige a alguém; é, portanto, provocada por algo, persegue uma finalidade qualquer, ou seja, "é um elo real na cadeia da comunicação verbal, no interior de uma dada esfera da realidade humana ou da vida cotidiana" (Bakhtin, 1992, p. 307). Nessas ocorrências, a finalidade, ou o que provocou essa escrita, parece ser, em alguma medida, fruto da imagem (Pêcheux, 1990) que o escrevente faz do que ele imagina e/ou supõe ser a escrita preferida pela escola, ou mesmo da imagem que ele faz do que supõe ser a expectativa do professor em relação à sua escrita, entre tantas outras imagens possíveis.

Tais considerações aplicam-se também ao segundo modo de tentativa de escrita encontrada nos dados privilegiados para análise – apresentados no Quadro 02 e designados por (1-B) –, referentes às segmentações cuja seleção das letras parece basear-se prioritariamente em aspectos do código escrito institucionalizado, já que fica difícil indicar, dadas as características das propostas temáticas e a natureza dos dados, a existência de critérios baseados em aspectos fonético-fonológicos.

Outra vez não foi encontrada no sujeito 01 nenhuma segmentação escrita que correspondesse à tentativa de escrita caracterizada em (1-B). Nesse caso, valem as mesmas considerações feitas anteriormente, a propósito de sua não-captura pelo funcionamento (1-A).

O sujeito 02, por sua vez, apresenta dados que funcionam como "tentativas de escrita alfabética". Ver o exemplo abaixo:

(Sem tradução)
FIGURA 05: texto 01-02.

Esse exemplo foi retirado da mesma produção textual da qual se extraiu o exemplo discutido em (1-A) desse mesmo sujeito. Contrariamente ao que foi apresentado com relação ao funcionamento (1-A), nessa última ocorrência fica difícil indicar a existência de critérios baseados em aspectos fonético-fonológicos principalmente por causa da localização dessa ocorrência no texto do qual ela faz parte (cf. "Anexos"). Ou seja, nesse exemplo, não é possível identificar indícios de que o sujeito 02 estivesse preocupado, em alguma medida, com a correspondência grafema/fonema. Parece ocorrer, nesse caso, que o sujeito 02 estava preocupado em preencher o verso que faltava. Esse preenchimento, entretanto, não foi feito de qualquer maneira: ele é delimitado por espaços em branco. Ao delimitar com espaços em branco esse agrupamento de letras, parece que a criança demonstra uma preocupação com a distribuição gráfica do seu texto – portanto, com a segmentação. Não é possível entender essa distribuição como "adequada" ou "não adequada" às convenções escritas, tendo em vista, uma vez mais, a dificuldade para a atribuição de um sentido convencional a esse agrupamento de letras.

Com relação ao sujeito 03, ver a seguinte ocorrência:

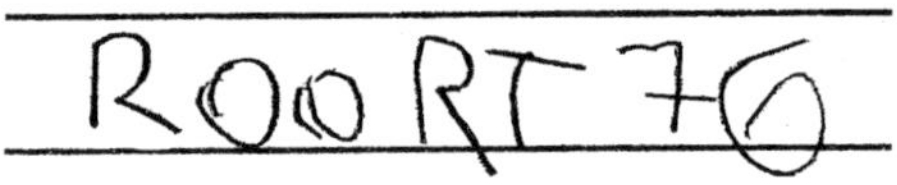

	R O O R T 7 6

(Sem tradução)
FIGURA 06: texto 07-03.

Essa ocorrência parece ser exemplar do funcionamento proposto em (1-B). Nela, fica bastante difícil indicar, dadas as características da proposta temática e a natureza da ocorrência, a existência de critérios baseados em aspectos fonético-fonológicos. A criança parece, fundamentalmente, preencher o espaço gráfico da escrita com elementos que poderiam ser escritos (letras e números) e que se referem a um certo imaginário sobre o código escrito institucionalizado que se ligaria, em alguma medida, a expectativas da escola percebidas e/ou intuídas pelas crianças. É possível supor que a ocorrência de segmentação escrita não-convencional proposta pelo sujeito 03, e apresentada acima, resultaria de uma tentativa do escrevente de alçamento ao que ele supõe ser – com base não só no que aprendeu na escola, mas, em grande parte, do que assimilou fora dela – o esperado pela instituição escolar (cf. Corrêa, 1997).

É necessário destacar que a dificuldade de indicar outros elementos e, particularmente, elementos de natureza fonético-fonológica – nesses dois últimos exemplos – não significa que esses elementos não possam, de algum modo, estar na base da constituição dessas ocorrências.

Relativamente ao funcionamento proposto em (1: 1-A e 1-B) – considerado como "tentativas de escrita" –, convém salientar, ainda, dois fatos: (i) tal funcionamento ocorre, preferencialmente, embora não exclusivamente, nas produções textuais resultantes das propostas de 01 a 07, referentes ao primeiro semestre do ano letivo de 2000; e (ii) é possível observar, com relação a tal funcionamento, uma diferença considerável entre os sujeitos 02 e 03.

O que poderia justificar o primeiro fato exposto acima seria, de um lado, principalmente, "mudanças conseqüentes à captura da criança, enquanto organismo, pelo funcionamento da língua em que é significada como sujeito falante" (Lemos, 1999, p. 1). Parece ocorrer que as crianças, ao entrarem na escola, envolvem-se em certas circunstâncias de produção de seus enunciados que exigem que elas assumam, conseqüentemente, certos *lugares* e certas *posições enunciativas*. As práticas de letramento privilegiadas pela escola fazem com que as crianças tenham um domínio maior de convenções ortográficas e, conseqüentemente, elas acabam fazendo usos mais convencionais da escrita privilegiada pela escola – o que, portanto, explicaria a diminuição de ocorrências dos tipos (1-A) e (1-B) ao longo do ano.

De outro lado, a afirmação de essas ocorrências aparecerem preferencialmente, embora não exclusivamente, nas produções textuais resultantes das propostas de 01 a 07 referentes ao primeiro semestre do ano letivo de 2000 constitui um índice de que não há linearidade no processo tradicionalmente designado como de aquisição da escrita. Ou seja, fatos como o sujeito 03 ser capturado por "tentativas de escrita" até sua última produção textual – realizada em outubro de 2000 e, portanto, na etapa final da primeira série do ensino fundamental, quando essa criança já dominava, em alguma medida, várias das normas e convenções da escrita privilegiada pela escola – abrem espaço para o questionamento da suposição de estágios evolutivos para a aquisição da escrita, propostos explicitamente em alguns trabalhos (cf., a título de exemplo, Ferreiro e Teberosky, 1991).

Por sua vez, o que poderia justificar, de algum modo, o segundo fato exposto acima – diferença considerável entre os sujeitos 02 e 03 no que se refere aos funcionamentos (1-A) e (1-B) – seriam diferentes modos pelos quais essas crianças foram capturadas por funcionamentos da escrita, tal como ela é preferida pela escola. O sujeito 03 começa a ser capturado por funcionamentos mais convencionais da escrita – particularmente no que se refere à relação grafema/fonema e às estratégias de segmentação – cronologicamente mais tarde que o sujeito 02.

Segmentações não-convencionais como resultado de oscilação entre diferentes trânsitos por constituintes prosódicos e informações sobre o código escrito institucionalizado

O funcionamento proposto em (2) refere-se à oscilação entre diferentes trânsitos por constituintes prosódicos e informações sobre o código escrito institucionalizado.

As ocorrências agrupadas especificamente em (2) referem-se às situações em que não seria possível propor uma explicação consistente se fosse considerada, para a definição das fronteiras das ocorrências de segmentação não-convencional, apenas a localização dos espaços em branco, ou seja, apenas sua presença nas fronteiras da ocorrência (início e fim). Nessas ocorrências, as crianças parecem intuir uma categoria prosódica hierarquicamente superior ao domínio da palavra fonológica e, em decorrência da atuação de algum outro fator – relativo à escrita ou a saliências prosódicas abaixo do domínio da palavra fonológica na hierarquia prosódica –, modifica, possivelmente, o critério que utiliza para segmentar sua escrita. Nas ocorrências agrupadas em (2), para identificação de fronteiras das segmentações não-convencionais foram consideradas, pois, estruturas lingüísticas que antecederam e/ou sucederam a marcação não-convencional de espaços em branco.

A opção por tal abordagem deriva de Delecrode (2002). Essa autora identifica junções que não acompanhariam limites de constituintes prosódicos. Essas junções resultariam em hipossegmentações: (i) que seriam criadas por rupturas no interior de constituintes prosódicos; e (ii) que seriam formadas por partes de dois diferentes constituintes.

Tais considerações fizeram com que fossem observadas como importantes – e como partes das ocorrências selecionadas para análise – estruturas lingüísticas que antecederam ou sucederam a marcação não-convencional de espaços em branco. Além disso, foi observado em que medida a intuição de uma categoria hierarquicamente superior ao domínio da palavra fonológica estaria possivelmente atuando na escrita das crianças.

Com relação ao sujeito 01, ver a seguinte ocorrência:

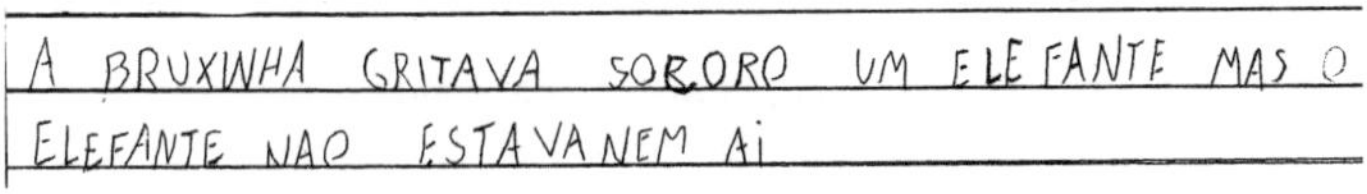

> A BRUXINHA GRITAVA SOCORO UM ELEFANTE MAS O
> ELEFANTE NAO ESTAVANEM AI

(**Tradução:** A bruxinha gritava: Socorro! Um elefante!
Mas o elefante não estava nem aí.)
FIGURA 07: texto 06-01.

Nessa ocorrência, a criança parece enfatizar ora uma percepção de fatos prosódicos que possivelmente produz em sua variedade lingüística falada, ora um certo imaginário sobre o código escrito institucionalizado.

Explicando melhor, a junção em *ESTAVANEM*[20] parece ser indício de que essa criança se baseia, inicialmente, na

---

20. Embora a junção em *ESTAVANEM* possa não parecer tão evidente, é necessário lembrar que um dos possíveis critérios levados em conta para a identificação de fronteiras das segmentações não-convencionais foi a comparação, nos casos de dúvida, das ocorrências selecionadas com outras ocorrências iguais ou próximas, ou, ainda, com a própria distribuição dos espaçamentos no restante do texto. Com base, sobretudo, nesse critério, a distribuição gráfica de *ESTAVANEM* foi considerada como uma possível junção feita pela criança.

percepção de uma categoria prosódica tal como a frase fonológica – [**não estava nem aí**]ϕ[21]. A delimitação, por espaço em branco, de "*não*" e de "*aí*", por sua vez, parece indicar que a criança tenha, talvez, intuído o funcionamento de "*não*" e de "*aí*" como unidades gráficas de menor porte que, na escrita, funcionam como palavras da língua. Talvez aqui fosse possível pensar também em uma saliência das unidades "*não*" e "*aí*" em decorrência de diferentes funcionamentos que essas unidades assumem nas práticas orais e letradas nas quais essa criança está imersa. É imprescindível ressaltar que uma hipótese não exclui a outra e as duas juntas confirmam o modo heterogêneo de constituição da escrita.

Com relação ao sujeito 02, ver a seguinte ocorrência:

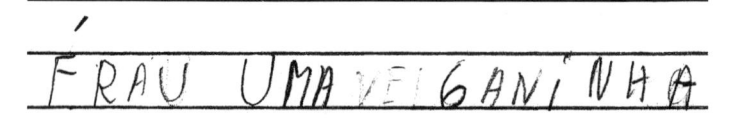

FRAU UMA GANINHA

(**Tradução:** Era uma galinha)
FIGURA 08: texto 05-02.

Essa ocorrência diferencia-se de outras expostas até o momento porque nela a criança não chega a consumar sua escrita de forma não-convencional, já que apaga sua proposta de grafia inicial, optando pela grafia convencional "*Era uma*". Essa ocorrência foi selecionada como relevante para as discussões pelo fato de esse enunciado:

21. A depender da leitura atribuída a essa ocorrência, ela poderá ser interpretada como uma representação, feita pela criança, baseada, entre outros fatos, ou na percepção de uma frase fonológica ou na percepção de uma frase entoacional. Ou seja, se, ao atribuir uma leitura a essa ocorrência, não for realizada uma pausa entre as palavras *elefante* e *não*, ter-se-á uma possível representação, feita pela criança, atravessada, provavelmente, pela percepção de uma frase fonológica. Se, ao contrário, for atribuída uma pausa entre as palavras *elefante* e *não* ou se for atribuída à seqüência *Mas o elefante* um contorno entoacional ascendente, ter-se-á uma possível representação, feita pela criança, atravessada, provavelmente, pela percepção de uma frase entoacional.

(i) constituir-se como enunciado cristalizado e/ou estabilizado[22] – a forma canônica de abertura de contos de fadas *Era uma vez*;
(ii) constituir-se por um momento de reelaboração. Com base em Abaurre et al. (1997), é possível entender que momentos como esse, em que a criança modifica algo anteriormente escrito sob forma diversa, são importantes para observar aspectos relativos à modalidade escrita da língua que adquiriram, pelos mais variados motivos, alguma saliência para a criança. Esses momentos podem ser interpretados como registros de motivações, as mais variadas, que indiciam singularidades dos sujeitos e da relação por eles estabelecida com a linguagem em sua modalidade escrita; e, por fim,
(iii) ser resultado de uma situação discursiva particular – considerou-se que o apagamento feito pela criança e a conseqüente mudança no critério utilizado por ela para compor sua escrita se devem ao fato de esse enunciado constituir-se, explicitamente, como uma *"atitude responsiva ativa"* (Bakhtin, 1992, p. 290, grifo do autor). Explicando melhor: nas produções textuais privilegiadas para análise, particularmente aquelas – como é o caso da produção textual da qual a ocorrência em questão faz parte – em que a tarefa das crianças era escrever uma *história*, a professora sugeria que as crianças utilizassem outras formas para iniciar seus textos, em vez de *Era uma vez*. Tal sugestão pode ter sido um dos fatores que teriam mobilizado os apagamentos que aparecem nessa ocorrência. Todavia, essa sugestão não exclui outros fatos, apresentados a seguir e, que também justificam, de algum modo, a presença dessa ocorrência entre os dados privilegiados para análise.

22. Para uma discussão sobre enunciados cristalizados e/ou estabilizados, cf. Scarpa (1995).

Nessa ocorrência, a criança parece enfatizar ora uma percepção de fatos prosódicos que possivelmente produz em sua variedade lingüística falada, ora um certo imaginário sobre o código escrito institucionalizado. Observe-se que a primeira letra U – em *érau* – e a seqüência de letras *veis* parecem ter sido apagadas pela criança. Esse fato indica que a criança, inicialmente, poderia ter buscado uma representação do contorno prosódico desse enunciado, que poderia ser interpretado, no contexto em que aparece, como uma frase fonológica. O apagamento da letra U e a conseqüente mudança no critério utilizado para dividir o fluxo textual em porções menores podem ter ocorrido: (a) pela atuação de uma percepção de que estruturas de menor porte em nosso sistema de escrita alfabético – como *uma* – podem funcionar como palavras da língua e, portanto, ser grafadas separadamente; (b) pela atuação da memória gráfica desse enunciado (*Era uma vez*); ou (c) pela atuação desses dois fatores conjuntamente.

Com relação ao sujeito 03, ver a seguinte ocorrência:

TEBA   TE UM MA SA CA DA

(**Tradução:** Debaixo de uma sacada)
FIGURA 09: texto 09-03.

Nesse exemplo, parece ocorrer uma oscilação entre a percepção de diferentes categorias prosódicas – particularmente o *pé métrico* [**masa**] Σ, [**cada**] Σ e a frase entoacional [**de uma sacada**] I – e aspectos do código escrito institucionalizado.

Convém, neste ponto, retomar algumas afirmações feitas por Abaurre (1991). A autora observa que, nas segmentações não-convencionais propostas por algumas crianças, elas parecem, às vezes, se basear em critérios ligados à forma canônica da *palavra* em português – no *corpus* selecionado por ela, ocorreu alta freqüência de segmentações não-convencionais nas quais as crianças pareciam basear-se no que elas episodicamente tomavam como a forma canônica da palavra na língua. As palavras, no português brasileiro, podem receber um acento fonológico na antepenúltima, penúltima e última sílaba, sendo o acento na penúltima sílaba o mais freqüente, definindo, assim, o padrão paroxítono de acento característico da maioria das chamadas palavras nativas da língua, isto é, diretamente derivadas do latim (cf. Abaurre, 1991, p. 207).

Nos dados extraídos do *corpus* selecionado por Abaurre, as soluções infantis não-convencionais mais freqüentes para os problemas relacionados à segmentação resultariam do que é tido como "palavras" trissilábicas e dissilábicas paroxítonas, como, respectivamente, *porela* (por ela) e *mu pedi* (no pé de). Nesses momentos, a autora reconhece, por trás das segmentações produzidas pelas crianças, uma forte influência de pés binários trocaicos – constituídos de duas sílabas, sendo mais forte a primeira –, unidades rítmicas elementares da língua com base nas quais se estrutura o ritmo dos enunciados.

No dado acima, produzido pelo sujeito 03, é possível sugerir a hipótese de que, nessa ocasião, a escrita da criança pode ter sido atravessada por alguma percepção do que seria a forma canônica de palavras na língua, para cujo estabelecimento pode ter contribuído a percepção que já tem da organização rítmica e prosódica dos enunciados. Nesse exemplo, é possível observar, assim como ocorreu nos dados examinados por Abaurre (1991), a forte atuação dos pés binários trocaicos: [masa] Σ e [cada] Σ. Acrescente-se a isso o fato de as seqüências *masa* e *cada* poderem ser interpretadas como palavras da língua.

É possível afirmar também que não apenas tal saliência prosódica atravessa essa escrita. A junção em *MASA* permite sugerir, minimamente, dois outros fatores que parecem atravessar essa escrita: (i) a intuição de uma frase entoacional [de uma sacada] I; (ii) a intuição, conhecimento e/ou reconhecimento de palavras.

Desses fatores, o primeiro – intuição de uma frase entoacional – fica confirmado, em alguma medida, por alguns fatos, como o de existir, na canção, pausa antes e depois dessa estrutura. Além disso, outro fato que permite levantar a hipótese de que um dos fatores que parecem atravessar a grafia de *TE UM MASA CADA* seria a percepção de uma frase entoacional é a presença, no mesmo texto do qual essa ocorrência faz parte, de segmentações não-convencionais produzidas, preferencialmente, a partir de uma percepção de uma frase entoacional, especialmente se for atribuída aos exemplos abaixo a estrutura tópico/comentário, calcada na pausa que, na canção, verifica-se entre os dois constituintes principais desses dois exemplos[23]:

(Tradução: O cravo saiu ferido)
FIGURA 10: texto 09-03.

(Tradução: O cravo ficou doente)
FIGURA 11: texto 09-03.

23. A atribuição de uma estrutura tópico/comentário a exemplos como *O BRAVO SAIOFIMRRIDO* e *O BRAVO FIMCODOETE* será abordada subseqüentemente quando forem apresentadas segmentações não-convencionais que parecem ser resultado de uma maior percepção de constituintes acima do domínio da palavra fonológica na hierarquia prosódica e, talvez, em menor grau, de informações sobre o código escrito institucionalizado.

Desse modo, no primeiro exemplo, a presença do espaço em branco nas fronteiras da ocorrência (início e fim) [*SAIOFIMRRIDO*] associada à ausência do espaço em branco entre as palavras *saiu* e *ferido* permite interpretar essa ocorrência como caracterizadora de uma representação feita pela criança baseada, preferencialmente, na percepção de uma *frase entoacional*: [saiu ferido] I. O mesmo ocorre com o segundo exemplo, no qual a presença do espaço em branco nas fronteiras da ocorrência (início e fim) [*FIMCODOETE*] associada à ausência do espaço em branco entre as palavras *ficou* e *doente* podem indiciar, novamente, a percepção de uma *frase entoacional*: [ficou doente] I.

Esses dois exemplos, assim caracterizados, permitem entender melhor a hipótese formulada acima – atuação da percepção de uma frase entoacional para a grafia de *TE UM MASA CADA*. Ou seja, a presença, num mesmo texto produzido pelo sujeito 03, dessas ocorrências de segmentação escrita não-convencional baseadas, aparentemente, na percepção de uma frase entoacional, associada à junção em *MASA* feita pela criança na ocorrência *TE UM MASA CADA*, indicia a possibilidade da atuação de uma percepção, nessa última ocorrência, de uma frase entoacional.

Os três fatores arrolados anteriormente – a intuição de uma frase entoacional, o reconhecimento de palavras e a saliência prosódica de pés binários trocaicos – com o intuito de reconstruir, conjecturalmente, possíveis fatores mobilizados pela criança quando propôs a distribuição gráfica de *TE UM MASA CADA* parecem, pois, atravessar a produção escrita dessa seqüência de segmentação escrita não-convencional. Novamente, a assunção de uma hipótese não exclui a outra, e todas, juntas, indiciam o modo heterogêneo de constituição da escrita.

É necessário destacar que as ocorrências agrupadas sob esse funcionamento podem resultar – além de todos os fatores relacionados acima – também de momentos em que as crianças, por exemplo, interrompem o gesto de escrever determinadas palavras para decidir como seriam suas formas ortográficas, ou interrompem o gesto de escrever para realizar outras atividades ou, ainda, interrompem o gesto de escrever simplesmente pelo fato de terem retirado o lápis do papel e o retornado numa outra posição – cf., especialmente, as afirmações de Silva (1994).

Nas afirmações acima, nas quais se procura reconstruir, conjecturalmente, possíveis critérios envolvidos nas ocorrências de segmentação não-convencional, é possível observar a circulação das crianças por suas práticas orais e letradas. O tipo de ocorrência agrupada no funcionamento (2) é exemplar da afirmação, feita com base em Corrêa (1997), de que só metodologicamente é possível distinguir momentos em que o escrevente ora enfatiza um, ora outro aspecto de suas práticas sociais orais e letradas. Entre as ocorrências apresentadas acima, bem como em todas as ocorrências observadas no material selecionado para a presente análise, não é possível encontrar nenhuma que possa ser definida com base em um aspecto apenas, já que a produção de todas elas é atravessada, sempre, necessariamente, "pela imagem que o escrevente faz da (sua) escrita" (Corrêa, 1997, p. 165).

Resta acrescentar que o funcionamento proposto em (2) constitui estratégia usada, privilegiadamente, pelo sujeito 03. Uma vez mais, isso parece decorrer, de alguma maneira, dos diferentes modos pelos quais os três sujeitos foram capturados por funcionamentos da escrita tal como ela é valorizada pela escola.

Segmentações não-convencionais como resultado de oscilação entre constituintes abaixo do domínio da palavra fonológica na hierarquia prosódica e informações sobre o código escrito institucionalizado

As ocorrências agrupadas no funcionamento proposto em (3-A) e (3-B) são semelhantes a fenômenos descritos por Silva (1994). Silva define e categoriza tais ocorrências como hipersegmentações – segmentações não-convencionais em que as crianças segmentariam mais do que o previsto pelas convenções ortográficas. Segundo Silva, essas segmentações não-convencionais resultariam, preferencialmente, de informações já incorporadas pelas crianças sobre a escrita. Entre essas informações, destaca-se a inferência, feita pelas crianças, de que unidades gráficas como *a, o, um* etc. podem ser escritas isoladamente.

As crianças que vivem numa sociedade como a nossa estão freqüentemente em contato com diversas manifestações de escrita, ou seja, participam, direta e/ou indiretamente, de práticas de letramento que podem levá-las a perceber os espaços em branco entre uma palavra e outra. Silva (1994) observa, além disso, que, apesar de a instituição escolar, em geral, não tratar explicitamente da segmentação da escrita, trabalha exaustivamente, principalmente na fase inicial da alfabetização, com estruturas como *a abelha, o elefante* etc., que podem levar as crianças a perceber os espaços em branco entre palavras funcionais – como os artigos *a* e *o* – e as palavras de conteúdo – como os substantivos *abelha* e *elefante*.

Além disso, em alguns outros momentos, a criança poderia se basear no reconhecimento e/ou na atribuição de conteúdos semânticos específicos a subpartes de palavras, como em *felicidade* (feliz + cidade). Silva (1994) sugere que é possível que algumas das hipersegmentações propostas pelas crianças resultem de uma *convivência* entre fatores de ordem oral (um componente tônico das palavras criado e/ou percebido pelas crianças) e fatores de ordem escrita (percepção de que unidades de pequeno porte podem ser escritas separadamente). Ressalta que "é muito difícil afirmar quando a criança dá preferência a um aspecto [componente tônico] em detrimento de outro [atribuição de significado a subpartes de palavras]" (Silva, 1994, p. 61).

Observa-se que os possíveis fatores atuantes na escrita infantil são colocados como alternativas, ou seja, um fator parece excluir o outro. Apenas com relação a alguns exemplos encontrados em seu *corpus* ele postula uma *convivência* entre uma percepção da escrita e um componente tônico da fala. No material privilegiado para a presente análise, entretanto, os fatores arrolados por Silva (1994) parecem co-ocorrer nas escritas infantis. Em outros termos, os fatores não seriam excludentes; o que parece ocorrer é que todos eles atravessam o imaginário infantil sobre a escrita e convivem no momento de produção de cada dado selecionado para análise.

Além disso, os dados agrupados sob o funcionamento (3: 3-A e 3-B) denunciam, em alguma medida, uma representação que o escrevente faz da escrita privilegiada pela instituição escolar. Com base em Corrêa (1997), é possível afirmar que pode ser "o caráter de réplica – tentativa de adequar o texto ao que recomenda a prática escolar tradicional" (Corrêa, 1997, p. 273) – que leva as crianças a propor segmentações como as que foram agrupadas no funcionamento em questão. Essa tentativa de adequação faria com que as crianças, freqüentemente, se excedessem numa caracterização do texto baseada em propriedades que elas supõem serem características da escrita. Relacionam-se, pois, guardadas as devidas proporções, ao que Cagliari assume como *hipercorreções*: "Os casos de hipercorreções ocorrem quando o aluno exagera na aplicação de uma regra, usando-a para contextos não permitidos" (Cagliari, 1998, p. 278). Essa afirmação é feita no contexto de discussões sobre a relação entre as letras e os sons, mas ela parece também valer para os dados agrupados no funcionamento proposto em (3: 3-A e 3-B). Constituem, em suma, de algum modo, momentos em que os encontros entre o oral/falado e o letrado/escrito se evidenciam pelo excesso (cf. Corrêa, 1997, pp. 271-2).

Ver a seguinte ocorrência, realizada pelo sujeito 01:

PAULO SO NÃO VIA A TERRA LÁ NA TERRA POR QUE ONDE MORAVA A-VIA MUITOS GATOS

(**Tradução:** Paulo só não via a Terra lá na Terra porque onde morava havia muitos gatos!)
FIGURA 12: texto 05-01.

A segmentação não-convencional, nesse enunciado, refere-se à grafia separada de *porque*[24]. Essa ocorrência aparece mais uma vez nessa mesma produção textual e essas duas ocorrências de *porque*, grafadas separadamente, são as únicas ocorrências em que o sujeito 01 produz segmentações não-convencionais agrupadas sob o funcionamento proposto em (3-A). Tal fato constitui um indício da relação particular que esse sujeito estabelece com a linguagem escrita.

Em concordância com o que foi afirmado anteriormente, o sujeito 01 parece ser capturado por funcionamentos mais convencionais da escrita privilegiada pela escola, talvez pelo fato de estar imerso em situações de uso da escrita em seu funcionamento preferido pela instituição escolar. Isso explicaria por que o sujeito 01 propõe segmentações não-convencionais que funcionam de forma semelhante ao que Silva (1994) entende por hipersegmentações (segmentações além das previstas pela ortografia) apenas em *porque*, já que essa palavra, no nosso sistema de escrita, pode ser grafada de forma junta ou separada, dependendo de seu funcionamento no interior dos enunciados. Parece ocorrer que o sujeito 01 baseia-se, nessa ocorrência, na percepção de mais de uma possibilidade ortográfica dessa palavra no nosso sistema de escrita.

Ainda com relação a essa ocorrência, não é possível descartar a hipótese de que a percepção de um constituinte prosódico, o menor deles (a sílaba), tenha, também, atravessado esse enunciado, fazendo com que a criança separasse *por* e *que*. Talvez, nesse exemplo, o produto final (segmentação baseada em possibilidades ortográficas do nosso sistema de escrita) tenha escondido, de algum modo, o processo de constituição dessa escrita (dialógico, por excelência, e flutuante entre as práticas letradas e orais), o que não significa, por outro lado, que ele não esteve aí presente o tempo todo.

A consideração de tal hipótese se faz necessária pelo fato de, em outros tipos de ocorrências às quais foram atri-

---

24. A grafia convencional de *porque*, neste enunciado, seria feita junta, já que ela funciona como uma conjunção coordenativa explicativa (cf. Luft, 1997).

buídos o funcionamento proposto em (3-A), outros fatores estarem, aparentemente, em jogo e, entre eles, uma possível saliência prosódica. Ver os seguintes exemplos, produzidos, respectivamente, pelos sujeitos 02 e 03:

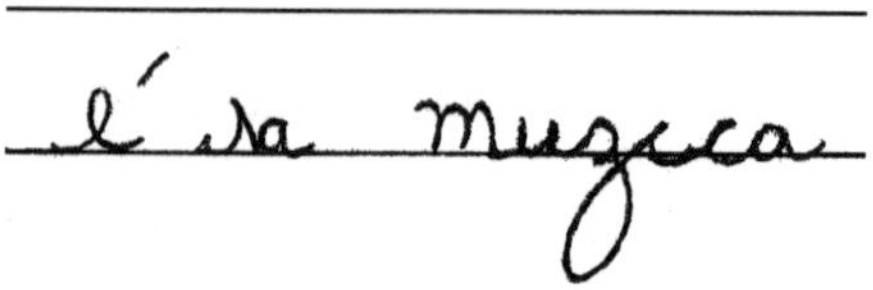

é sa muzica

(**Tradução:** Essa música)
FIGURA 13: texto 11-02.

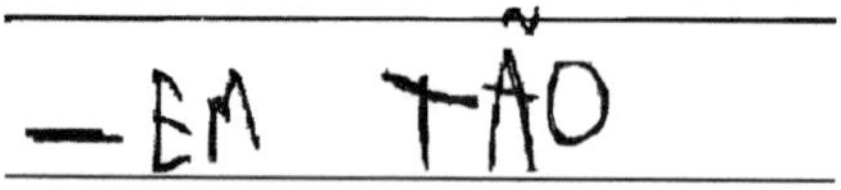

— EM TÃO

(**Tradução:** – Então)
FIGURA 14: texto 12-03.

Essas ocorrências parecem ser atravessadas pelo reconhecimento e/ou atribuição de um conteúdo semântico a palavras (no primeiro caso, o verbo *é* e, no segundo, as palavras *em* e *tão*) – código escrito institucionalizado – e pela saliência prosódica das sílabas que as constituem.

Pelas afirmações feitas, particularmente no parágrafo anterior, é possível observar que se considerou que um fator semântico estaria em jogo quando as crianças produzem segmentações não-convencionais. O mesmo critério semântico é abordado por Abaurre (1996) na análise de alguns textos produzidos por crianças da primeira série do ensino fundamental. Nessa perspectiva, as hipossegmentações e as hipersegmentações da escrita infantil registrariam uma manifestação de uma *plasticidade semântica*. Para Abaurre, essa plasticidade não se manifestaria da mesma forma na linguagem adulta, porque nela esse uso já estaria regulado pela história da constituição social dos significados lingüísticos. Entretanto, observa que, mesmo na linguagem adulta, é possível "flagrar momentos em que, valendo-se dessa plasticidade virtual, o falante fornece indícios de ter segmentado e analisado semanticamente o contínuo da fala de maneira idiossincrática" (Abaurre, 1996, p. 147).

Acentue-se que, a essa plasticidade semântica aludida por Abaurre (1996), seria importante acrescentar a seguinte afirmação de Bakhtin (1992, p. 312): "a palavra que participa de nosso discurso e que vem dos enunciados individuais dos outros pode ter preservado, em maior ou menor grau, o tom e a ressonância desses enunciados individuais". Assim, a plasticidade semântica a que se refere Abaurre (1996) deveria acenar, de nosso ponto de vista, para o fato de os enunciados infantis serem *atravessados* por outros enunciados em que palavras como as expostas acima possam ter figurado. Afinal, "um locutor não é o Adão bíblico, perante objetos virgens, ainda não designados, os quais é o primeiro a nomear [...] e por isso o objeto de seu discurso se torna, inevitavelmente, o ponto onde se encontram as opiniões de interlocutores imediatos [...] ou então as visões de mundo, as tendências, as teorias, etc." (Bakhtin, 1992, p. 319).

O mesmo se aplica às ocorrências agrupadas no funcionamento explicitado em (3-B), nas quais as crianças parecem se basear preferencialmente na percepção de um pé métrico (Σ), associado à percepção de um código escrito institucionalizado. Ver, primeiramente, uma ocorrência produzida pelo sujeito 01:

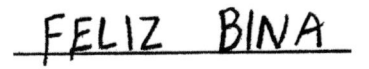

FELIZ BINA

(**Tradução:** Felisbina)
FIGURA 15: texto 11-01.

Nessa ocorrência, a criança grafa, separadamente, o nome do personagem da história em quadrinhos que ela deveria contar na proposta temática em questão[25]: *Felisbina*. Talvez, num primeiro olhar, seja possível pensar que a criança simplesmente tenha reconhecido a palavra *feliz* e a separado de *bina*. Embora essa seja provavelmente uma hipótese a ser examinada, é preciso, também, levar em conta o fato, observado por Abaurre (1991), de que em momentos como esse – que resultam em seqüências não-convencionais dissilábicas ou trissilábicas com acento na penúltima sílaba – as crianças parecem estar operando com algum tipo de forma canônica de palavra na língua, para cujo estabelecimento pode estar contribuindo a percepção que já tem da organização rítmica e prosódica dos enunciados: " [...] reconhece-se, por trás das segmentações das crianças, a forte influência dos pés binários trocaicos (constituídos de duas sílabas, sendo mais forte a primeira), unidades rítmicas elementares da língua com base nas quais se estrutura o ritmo dos enunciados" (Abaurre, 1991, p. 208).

Assim, além do reconhecimento e/ou da atribuição de um conteúdo semântico a uma palavra, essa ocorrência parece ser atravessada, minimamente, por um outro fator: a saliência prosódica de dois pés, [feliz] Σ e [bina] Σ, que, no nome "Felisbina", parecem ser baseados numa estrutura trocaica, já que em sua composição rítmica o acento recai sobre a primeira sílaba de cada um desses pés.

Outro indício de que a ocorrência acima pode ter sido atravessada por diferentes fatores – além do reconhecimento de uma palavra, como preferiria, por exemplo, Silva (1994) – é o fato de figurar, na mesma produção textual da qual a ocorrência acima faz parte, outras três ocorrências da mesma palavra, sem espaços em branco no seu interior:

---

25. Proposta 11: *A bruxa e o cachorro* (quadrinhos). Para maiores detalhes, cf. Capítulo 3.

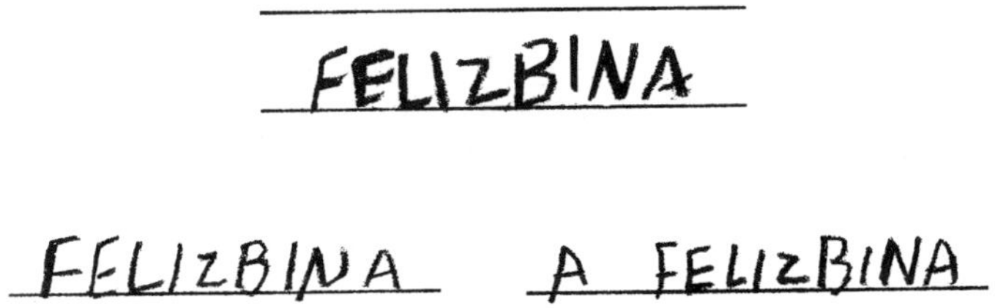

FELIZBINA

FELIZBINA A FELIZBINA

(**Tradução:** Felisbina)
FIGURA 16: texto 11-01.

A presença, numa mesma produção textual, de ocorrências *diferentes* para uma mesma "unidade" permite tratar, sucintamente, de *flutuações* que ocorreram nas produções textuais privilegiadas para análise – não só as produções textuais do sujeito 01, mas também as dos sujeitos 02 e 03.

É freqüente, no material selecionado para análise, a convivência, num mesmo texto ou em textos diferentes de um mesmo sujeito, de propostas divergentes para uma mesma unidade gráfica. Essas *flutuações* mereceriam atenção especial, particularmente as flutuações em que as crianças alternam, no mesmo texto, formas convencionais e formas não-convencionais para uma mesma unidade de escrita. Caberia perguntar que tipos de fatores poderiam estar envolvidos nessas flutuações. Não é nosso propósito dar resposta exaustiva a essa questão – que renderia importantes discussões – mas apenas observar alguns fatores.

Vale destacar que essas flutuações figuram também em textos apresentados por Silva (1994) e Abaurre et al. (1997, entre outros). Para Silva (1994), essas flutuações seriam evidências de comportamentos e/ou procedimentos epilingüísticos: a criança, para resolver os diversos problemas que a escrita lhe apresenta, utiliza critérios próprios, não-sistemáticos, que resultariam da *intermediação* de tudo aquilo que ela perceberia da fala e do que perceberia a respeito da própria escrita. Abaurre et al. (1997), por sua vez, salienta que um dos aspectos que caracterizariam a aquisição da escrita seria justamente *a flagrante diversidade manifesta nos textos espontâneos* (Abaurre et al., 1997, p. 22). Essa diversidade sinalizaria, entre outros fatos, "as rotas particulares seguidas pelos sujeitos na busca da diferenciação entre a manifestação oral e escrita de uma mesma linguagem" (Abaurre et al., ibidem).

Endossando as afirmações de Silva (1994) e de Abaurre et al. (1997), é necessário acrescentar ainda que, pelo fato de considerarmos a linguagem como atividade do sujeito, as flutuações constituiriam mais um indício da "indeterminação, da mudança e da heterogeneidade desse objeto que se refaz a cada instância do seu uso" (cf. Lemos, 1982, p. 120).

Ver, agora, uma ocorrência produzida pelo sujeito 02 caracterizadora também do funcionamento proposto em (3-B):

ES TAVA

(**Tradução:** Estava)
FIGURA 17: texto 06-02.

Como se deu com a ocorrência *feliz bina*, produzida pelo sujeito 01, a ocorrência *es tava* produzida pelo sujeito 02 parece ser atravessada pela: (i) percepção de um pé troqueu; e pelo (ii) reconhecimento de palavra [*tava*]. A seqüência *tava* pode ser entendida como uma palavra principalmente porque, nos registros mais informais da variedade sociolingüística dessa criança, possivelmente, *tava* constitui uma palavra.

As afirmações precedentes, referentes às ocorrências que foram produzidas pelos sujeitos 01 e 02, poderiam levar a pensar que tais ocorrências só poderiam figurar na existência de uma saliência prosódica como o *pé troqueu*, que são mais freqüentes no português brasileiro. Entretanto, nem sempre essa tendência geral se confirma, como é possível observar no exemplo abaixo, produzido pelo sujeito 03:

A CAPO

(**Tradução:** Acabou)
FIGURA 18: texto 13-03.

Essa ocorrência parece ser atravessada: (i) pela percepção de um pé iambo [capo] Σ, uma vez que, na estrutura rítmica da segmentação "capo", o acento recai sobre a última sílaba, "po"; (ii) pelo reconhecimento e/ou atribuição de um conteúdo semântico de palavra [*a*]; e, talvez, (iii) pelo reconhecimento e/ou atribuição de um conteúdo semântico à seqüência [*capo*], que, assim como em *tava* para o sujeito 02, pode corresponder a uma palavra nos registros mais informais da variedade sociolingüística do sujeito 03.

Relativamente ao funcionamento apresentado acima, convém acrescentar ainda o fato de que alguns outros dados, presentes no material selecionado para análise – como: *A DINIRO-SE SE* (texto 04-02) e *A SUTADA* (texto 05-02) –, permitem considerar a possibilidade da atuação privilegiada de uma percepção de que unidades gráficas como *a, o, um* etc. podem ser escritas isoladamente, já que fica difícil afirmar – principalmente porque "*a*" é átono prosodicamente – que a parte correspondente a uma palavra da língua (no caso, a palavra *a*) tenha sido destacada em função de alguma saliência prosódica.

Entretanto, vale destacar, uma vez mais, que a dificuldade de indicar outros elementos e, particularmente, elementos de natureza fonético-fonológicos não significa que esses elementos não possam, de algum modo, estar na base da constituição dessas ocorrências.

Resta fazer ainda uma última observação sobre o funcionamento proposto em (3: 3-A e 3-B): esse funcionamento constitui estratégia usada, privilegiadamente, pelos sujeitos 02 e 03. É oportuno observar que o fato de a diferença entre esses dois sujeitos não ser, como ocorreu em outros funcionamentos, tão significativa (cf. Tabela 02, a distribuição dos tipos de funcionamento por sujeito) é, por si só, um fato importante: o sujeito 02 parece ser capturado por funcionamentos em que estão em jogo domínios prosódicos hierarquicamente mais baixos (sílaba ou pé). Na seção seguinte, quando é abordado o funcionamento em que as crianças parecem se basear, preferencialmente, em percepções de categorias prosódicas, tal afirmação é comprovada de forma mais consistente.

Segmentações não-convencionais como resultado de uma maior percepção de constituintes acima do domínio da palavra fonológica na hierarquia prosódica e, talvez em menor grau, de informações sobre o código escrito institucionalizado

O funcionamento proposto em (04) refere-se a segmentações não-convencionais nas quais a localização dos espaços em branco nas fronteiras (início e fim) das ocorrências permite pensar que as crianças tenham, talvez, se baseado, preferencialmente, em uma percepção de fatos prosódicos que, possivelmente, produzem em sua variedade lingüística falada, para proporem tais segmentações. Esse funcionamento baseia-se em afirmações de alguns autores de que aspectos da oralidade – particularmente, os aspectos prosódicos da oralidade – atuariam em decisões infantis sobre como segmentar.

Nos exemplos a seguir, a criança, ao apropriar-se da escrita, parece tomá-la, prioritariamente, como representação termo a termo da oralidade, igualando, assim, dois modos de realização da linguagem verbal: oral e escrito.

É necessário salientar que não é possível buscar nos dados agrupados nesse funcionamento marcas de uma interferência, na escrita, de elementos que supostamente pertenceriam à oralidade. As marcas lingüísticas de representação da escrita nas quais as crianças parecem buscar uma escrita em sua suposta gênese constituem marcas de um modo heterogêneo de constituição da escrita. Com essa afirmação, a questão da interferência não se coloca, "uma vez que oral/falado e letrado/escrito estão presentes nesse modo heterogêneo como práticas sociais, em que os limites rigorosos não se sustentam" (Corrêa, 1997, p. 265).

Foram encontrados quatro diferentes modos relativos ao funcionamento proposto em (04), que serão detalhados a seguir.

Em (4-A), por exemplo, conforme foi antecipado no Quadro 05, a criança parece se basear, preferencialmente, na percepção do que Nespor e Vogel (1986) definem como grupo clítico. Nesses casos, assim como ocorreu na pesquisa levada a efeito por Abaurre e Silva (1993), elementos clíticos como artigos, pronomes pessoais e preposições ou mesmo outros elementos lingüísticos como advérbios, pronomes, conjunções seriam, entre outros, elementos que as crianças muitas vezes não dissociariam dos itens lexicais nos quais estariam semântica e fonologicamente apoiados. Ou seja, esses elementos ocupariam, geralmente, posição de monossílabos átonos formando um grupo clítico com uma palavra de acento mais proeminente, o que levaria as crianças a terem dificuldades para identificar os clíticos como palavras independentes.

As segmentações não-convencionais agrupadas sob o funcionamento proposto em (4-A) seriam, pois, resultantes do fato de as crianças provavelmente não conseguirem atribuir nenhum estatuto autônomo aos clíticos, interpretando-os como ligados à palavra de conteúdo que acompanham.

No material privilegiado para análise, aparecem várias ocorrências características desse "tipo de funcionamento". Foram selecionados, entretanto, alguns dados considerados como menos representativos. Explicando melhor: não são apresentados dados como *derrepente, sixamava, abruxa* etc. – bastante presentes no material selecionado para análise – porque eles constituem a maioria dos dados agrupados sob esse funcionamento e já foram bastante discutidos em outros trabalhos[26]. Foram escolhidos, pois, dados que obedecem a esse princípio geral – percepção do que pode ser definido como grupo clítico –, mas que parecem deter aspectos mais particulares.

Ver, então, a seguinte ocorrência, produzida pelo sujeito 01:

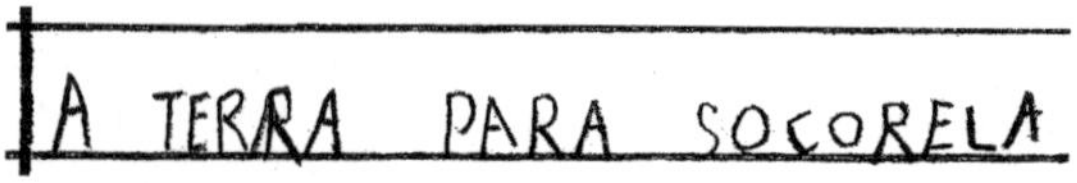

> A TERRA PARA SOCORELA

(**Tradução:** ... a Terra para socorrê-la)
FIGURA 19: texto 05-01.

Chama a atenção, nesse dado, o fato de o sujeito 01 trabalhar com o clítico em ênclise. Para propor uma explicação para esse dado, é necessário trazer à cena algumas afirmações de Abaurre e Galves (1996) sobre os clíticos pronominais do português brasileiro.

Tais autoras afirmam que a próclise constitui tendência geral do português brasileiro, sendo a ênclise um fenômeno altamente marginal. Além disso, nas observações que fazem sobre os dados que selecionaram para análise tecem alguns comentários sobre o que chamam de "dois sobreviventes":

> A norma culta falada, pelo menos a dos anos 70, contém marginalmente dois resquícios da antiga gramática: o clítico o/a (s) (+ 6% das ocorrências), e o uso da ênclise (+ 9%). Ora, a análise proposta aqui tem como ponto de partida o desaparecimento do clítico o/a. Não sendo este absoluto, deparamo-nos com um problema: qual é seu estatuto na gramática dos falantes que o empregam? Parece claro que os falantes que o usam (marginalmente) atribuem a ele um es-

---

26. Do mesmo modo, buscou-se, para exemplificar fatos relativos à percepção de frases fonológicas e entoacionais, bem como de enunciados fonológicos, ocorrências que nos possibilitaram reconstruir conjecturalmente processos talvez menos evidentes que subjazem às soluções ortográficas propostas pelos sujeitos.

tatuto diferente dos outros clíticos, uma vez que a sua colocação não se pauta pela dos outros pronomes. Sabe-se que é adquirido durante a escolarização (ver Corrêa, 1991) e, portanto, integrado ao léxico tardiamente [...]. O uso da ênclise [por sua vez] também pode ser atribuído ao contato com a escrita [...] (Abaurre e Galves, 1996, p. 301).

As afirmações precedentes autorizam, de algum modo, a sugerir que, no exemplo acima, o sujeito faz uma representação baseada, talvez, na percepção de um grupo clítico[27], mas é digno de nota que o efeito de sentido que busca relaciona-se, prioritariamente, com a imagem que tem da escrita privilegiada pela escola – uma tentativa de se alçar à escrita *culta formal* (cf. Corrêa, 1997, p. 147).

Nesse exemplo, o sujeito parece lidar, pois, com o que supõe ser – a partir não só do que aprendeu na escola, mas, em grande parte, do que assimilou fora dela (Corrêa, 1997, p. 271) – a escrita privilegiada pela escola. Ou seja, esse exemplo, caracterizador de uma percepção, talvez, de uma categoria prosódica, envolve, também, um certo imaginário sobre a escrita padrão, já que o escrevente parece tentar adequar o seu texto ao que imagina ser um modo preferido pela prática escolar tradicional.

Nessas condições, valem, novamente, as afirmações de Bakhtin, para o qual as palavras que participam de nossos enunciados vêm dos enunciados individuais *dos outros* e podem ter preservado, em maior ou menor grau, o tom e a ressonância desses enunciados individuais. Nossos enunciados "estão repletos de palavras *dos outros*, caracterizadas, em graus variáveis, pela alteridade ou pela assimilação, caracterizadas, também em graus variáveis, por um emprego consciente e decalcado" (Bakhtin, 1992, p. 314). Essas pala-

---

27. As reflexões feitas por Abaurre e Galves (1996) nos levaram a pensar que, talvez, esse dado poderia ser representativo de um funcionamento mais próximo ao de uma palavra fonológica. Essa possibilidade poderia render discussões interessantes sobre a existência ou não do domínio do *grupo clítico*. Deixaram-se, entretanto, tais discussões para um outro momento.

vras dos outros introduzem em nossos enunciados "sua própria expressividade, seu tom valorativo, que assimilamos, reestruturamos, modificamos" (Bakhtin, 1992, p. 314).

Tais afirmações confirmam, em certa medida, considerações de Abaurre (1987) de que as crianças quando escrevem – na escola ou fora dela – não estão meramente tentando transcrever sua fala, ou seja, não estão tentando transpor para a modalidade escrita suas reflexões acerca da modalidade oral e/ou suas experiências com a fala. O sujeito 01, nessa ocorrência, parece estar, pois, usando suas "experiências com a fala" ou suas "reflexões acerca da modalidade oral" – já que faz uma representação baseada, possivelmente, em um grupo clítico –, mas, ao mesmo tempo, busca uma expressividade, um tom valorativo impregnado no uso do clítico "*la*" em ênclise. O singular, nesse exemplo, é que o sujeito 01 assimila, reestrutura e modifica *as palavras dos outros*, impregnando, assim, as palavras dos outros com a sua própria *expressividade*[28].

Com relação ao sujeito 02, ver a seguinte ocorrência:

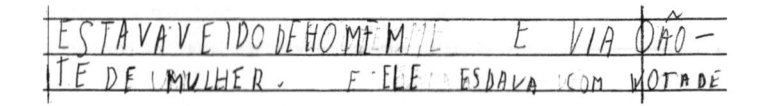

ESTAVA VEIDO DE HOMEM E VIA OÃO-
TE DE MULHER. E ELE ESDAVA COM VOTADE

(**Tradução:** Estava vendo [um monte] de homem e via um monte de mulher e ele estava com vontade...)
FIGURA 20: texto 05-02.

Interessa, neste enunciado, a ocorrência OÂO-TE – [um monte] C – que aparece no final da primeira linha e no início da segunda. O uso do hífen constitui um fator que

---

28. Para Bakhtin (1992), o termo *expressividade* está ligado, sobretudo, às esferas de utilização da língua e aos modos relativamente estáveis de utilização da língua nessas esferas – os gêneros do discurso. A expressividade está, pois, relacionada ao que se ouve soar na palavra que, para o autor, será, sempre, "o eco do gênero em sua totalidade" (Bakhtin, 1992, p. 312). A palavra é expressiva, "mas esta expressividade [...] não pertence à própria palavra: nasce no ponto de contato entre a palavra e a realidade efetiva, nas circunstâncias de uma situação real, que se atualiza através do enunciado individual" (Bakhtin, 1992, p. 313).

liga essa ocorrência diretamente a aspectos do código escrito institucionalizado. Nesse momento, em que a segmentação não-convencional proposta pelo sujeito 02 parece resultar de uma pressuposição, feita pela criança, de que existe uma relação unívoca entre a prosódia da fala e a segmentação da escrita – já que propõe uma segmentação baseada, prioritariamente, na percepção de um grupo clítico –, aspectos do código escrito institucionalizado, pelos quais o escrevente é capturado, também atravessam sua escrita, tendo em vista que o hífen constitui um recurso essencialmente gráfico – usado, entre outros fatos, para a translineação, ou seja, para segmentação das palavras em duas partes por motivo de ultrapassagem de linha. A translineação tem por regra a divisão silábica, que foi respeitada pela criança.

Com relação ao sujeito 03, ver a seguinte ocorrência:

EUM

(**Tradução:** E um)
FIGURA 21: texto 06-03.

Esse exemplo foi selecionado pelo fato de ele se constituir como representativo do funcionamento proposto em (4-A) – percepção do que Nespor e Vogel (1986) definem como grupo clítico – e, ao mesmo tempo, estar relacionado com a ambigüidade do vocábulo *um*. Em português, a palavra *um* pode se referir a número ou artigo. No primeiro caso é acentuada, no segundo não.

Entendendo que o enunciado constitui acima de tudo uma resposta a enunciados anteriores dentro de uma dada esfera da comunicação verbal (Bakhtin, 1992, p. 316) e que essa resposta "transparecerá nas tonalidades de sentido, do estilo, nos mais ínfimos matizes da composição" (Bakhtin, 1992, p. 317), não é possível deixar de observar aqui o modo como a palavra *um* captura o sujeito 03.

Um olhar para o conjunto das produções textuais realizadas pelo sujeito 03 ao longo do ano letivo de 2000 – de fevereiro a outubro de 2000, espaço de tempo em que foi recolhido o material privilegiado para análise – permite observar que a palavra *um* parece receber atenção especial desse sujeito: ora unida a outras palavras, ora unida apenas a letras – como nos exemplos *OAUM* (texto 05-03) e *OOOUM* (texto 05-03) –, ora separada de sua desinência marcadora de gênero feminino etc. Além, pois, de uma possível saliência prosódica, o fato de a palavra *um* capturar em diferentes textos de diversas maneiras o sujeito 03 pode ter contribuído para que esse sujeito propusesse tal segmentação.

Ver, a seguir, exemplos do funcionamento proposto em (4-B) – no qual a criança parece se basear, preferencialmente, na percepção do que Nespor e Vogel (1986) definem como *frase fonológica*.

O sujeito 01 não produziu nenhuma seqüência de segmentação escrita não-convencional que tivesse como característica mais geral a propriedade de funcionar como percepção de uma frase fonológica. Novamente, é importante enfatizar que a ausência de dados é, ela mesma, um indício de singularidade. O sujeito 01, em concordância com o que foi afirmado diversas vezes, parece ser capturado por funcionamentos mais convencionais da escrita privilegiada pela escola, talvez pelo fato de ter estado mais imerso em situações de uso da escrita em seu funcionamento preferido pela instituição escolar. Assim, as representações que busca tendem a se aproximar da escrita privilegiada pela escola.

Com relação ao sujeito 02, ver a seguinte ocorrência, que exemplifica o funcionamento exposto em (4-B):

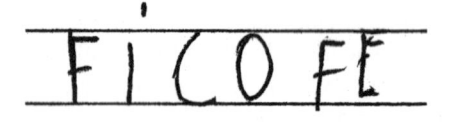

FICO FE

(**Tradução**: Ficou feliz)
FIGURA 22: texto 06-02.

Nesse exemplo, a criança pretendia escrever, aparentemente, *ficou feliz*, mas interrompeu a escrita dessa última palavra. A consideração desse enunciado como caracterizador de uma representação feita pela criança baseada na percepção de uma *frase fonológica* é a presença do espaço em branco nas fronteiras dessa ocorrência (início e fim) associada à ausência do espaço em branco entre as "palavras" *ficou* e *fe*.

Silva (1994) quando encontra passagens semelhantes a essa em seu *corpus* acredita que elas resultam do fato de que nos momentos iniciais do processo de aquisição da escrita nem todas as crianças sabem que devem terminar o que começaram a escrever. Embora essa explicação possa ser aceitável em alguns casos, em outros, como esse, ela se mostra insuficiente. O que parece ter ocorrido foi uma dificuldade em escrever o final da palavra *feliz*, fato que fica de certo modo comprovado pela existência, na mesma produção textual da qual a ocorrência em questão faz parte, da escrita *FICO FEIS* (texto 06-02):

FICO FEIS

(**Tradução:** Ficou feliz).
FIGURA 23: texto 06-02.

Como é possível observar, nessa ocorrência entre *fico* e *feis* há um apagamento, por meio do qual a criança separa esses dois vocábulos.

Com relação ao sujeito 03, ver a seguinte ocorrência, que exemplifica o funcionamento exposto em (4-B):

E É LA VIVE U MUTOVELIS

(**Tradução:** E ela viveu muito feliz)
FIGURA 24: texto 11-03.

Nesse exemplo, é preciso observar particularmente o momento em que a criança junta as palavras *muito e feliz*. Essa grafia pode ser caracterizada como representativa de uma percepção da criança do contorno prosódico de uma frase fonológica. É interessante, entretanto, observar que, mesmo em situações como essa, em que a presença do branco nas fronteiras da ocorrência parece constituir um indício de que a criança, ao apropriar-se da escrita, tenderia a tomá-la como representação termo a termo da oralidade – situação em que tenderia a igualar dois modos de realização da linguagem verbal: oral e escrito –, é possível notar alguns outros indícios que permitem sugerir, novamente, a co-ocorrência de fatores e não o privilégio de apenas um.

A produção textual da qual essa ocorrência faz parte é composta por duas páginas. Na página inicial, a criança reforça, com lápis, as margens da folha em branco – cf. "Anexos". A ocorrência *MUTOVELIS* ocorre em final de linha da segunda folha; portanto, é possível pensar, com base nessas duas pistas, que a criança talvez tenha juntado essas duas palavras para fazer com que elas coubessem dentro das margens. Esse fato – aparente preocupação com relação às margens da folha –, associado ao fato de a criança propor separações além das previstas pela ortografia nas estruturas lingüísticas que antecedem a produção gráfica de *MUTOVELIS* (*É LA* e *VIVE U*), poderia constituir indício de que a grafia do dado em questão deve-se a uma preocupação com a distribuição gráfica das palavras. Uma hipótese não exclui a outra e, novamente, as duas juntas ratificam o modo heterogêneo de constituição da escrita.

São apresentados, a seguir, exemplos caracterizadores do funcionamento proposto em (4-C) – no qual a criança parece se basear, preferencialmente, na percepção do que Nespor e Vogel chamam de frase entoacional (I).

O sujeito 01 novamente não apresentou nenhuma ocorrência que indicasse tal funcionamento. Nesse caso, valem as mesmas afirmações feitas anteriormente, a propósito de outros funcionamentos.

O sujeito 02, por sua vez, sim. Ver, novamente, a ocorrência:

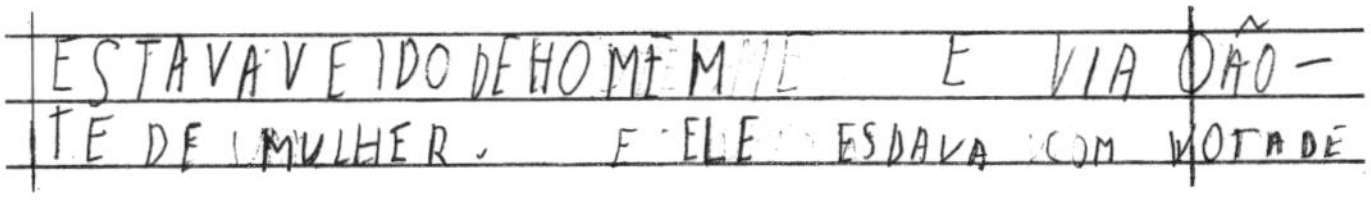

```
ESTAVA VEIDO DE HOMEM      E VIA ÕÃO-
TE DE MULHER.      E ELE ESDAVA COM VOTADE
```

(**Tradução:** Estava vendo [um monte] de homem e via um monte de mulher e ele estava com vontade...)
FIGURA 25: texto 05-02.

Interessa, nesse enunciado, a ocorrência [*ESTAVA VENDO – UM MONTE – DE HOMEM*] I. A presença do espaço em branco nas fronteiras da ocorrência (início e fim), associada à ausência do espaço em branco entre as "palavras" *estava*, *vendo*, *de* e *homem*, permite considerar tal enunciado como caracterizador de uma representação feita pela criança baseada na percepção do que, em sua variedade lingüística, poderia constituir uma frase entoacional. A inserção feita, com o intuito de recuperar o conjunto de palavras que parecem compor a ocorrência destacada, se justifica por questões relativas à própria produção escrita feita pela criança, como o trecho seguinte a este, no qual a criança escreve *oão-te de mulher* (um monte de mulher).

Essa é a única ocorrência produzida pelo sujeito 02 com base na aparente percepção de uma frase entoacional. Esse fato contribui para dar mais consistência à hipótese levantada anteriormente de que o sujeito 02 parece ser capturado por funcionamentos em que estão em jogo domínios prosódicos mais baixos que a palavra fonológica (sílaba e pé) na hierarquia prosódica proposta por Nespor e Vogel (1986).

Com relação ao sujeito 03, ver a seguinte ocorrência:

```
O BRAVO      SAIO FIM RRIDO
```

(**Tradução:** O cravo saiu ferido)
FIGURA 26: texto 09-03.

Nesse exemplo, a presença do espaço em branco nas fronteiras da ocorrência (início e fim) associada à ausência do espaço em branco entre as palavras *saiu* e *ferido* permite interpretar tal enunciado como caracterizador de uma representação feita pela criança baseada na percepção do que, em sua variedade lingüística, poderia constituir uma frase entoacional. O sujeito 03, contrariamente ao que ocorre com os sujeitos 01 e 02, parece ser capturado por categorias hierarquicamente superiores ao domínio da palavra fonológica na hierarquia prosódica proposta por Nespor e Vogel (1986), principalmente por esse sujeito se apoiar em estruturas como tópico/comentário, o que sugere, minimamente, que ele, talvez, tenha percepção de pausas e de contorno entoacional mais definido[29].

É preciso acrescentar que se optou por não levar em conta o leve afastamento entre *fim* e *rrido* como uma separação feita pela criança por causa da configuração gráfica desse texto, em que os espaços em branco são marcados com bastante saliência – como é possível observar na separação feita entre *O* e *BRAVO* e entre esta última palavra e *SAIOFIMRRIDO*[30].

---

29. Para Nespor e Vogel (1986, p. 188), a regra básica de formação da frase entoacional fundamenta-se, justamente, na noção de que ela é o domínio de um contorno de entoação e de que os fins de frases entoacionais coincidem com posições em que pausas podem ser introduzidas.

30. Essas considerações permitem tratar, sumariamente, de dificuldades de identificação de segmentações não-convencionais. Assim como observaram, acertadamente, Rossi (2002) e Delecrode (2002), nem sempre é fácil identificar e delimitar locais de segmentações não-convencionais – hipo e hipersegmentações – nos textos infantis. O material privilegiado por Rossi (2002) e Delecrode (2002), bem como o material privilegiado para esta análise, é constituído de produções textuais realizadas em contexto escolar. Tais produções textuais, embora não possam ser consideradas como *produções espontâneas*, constituem lugares importantes para a manifestação de singularidades dos sujeitos. É comum, pois, encontrar momentos, nesses textos – que constituem lugares de instabilidade, provisoriedade de conclusões, de hipóteses, de generalizações, de sistematizações –, em que não fica claro se houve ou não, de fato, uma segmentação distante da esperada pela ortografia. Além disso, nas escritas infantis ocorrem muitos momentos de reelaboração, de refacção e/ou de inserção de letras que mostram "motivações, as mais variadas, reveladoras das singularidades dos sujeitos e da relação por eles estabelecida com a linguagem" (Abaurre et al., 1997, p. 24) e que podem implicar dificuldades para a identificação de segmentações não-convencionais.

Por fim, ver, a seguir, exemplos caracterizadores do funcionamento proposto em (4-D) – no qual a criança parece se basear, preferencialmente, na percepção do que Nespor e Vogel definem como enunciado fonológico (U). O sujeito 03 foi o único a produzir seqüências de segmentação escrita não-convencional sob esse funcionamento. Esse fato será comentado mais adiante.

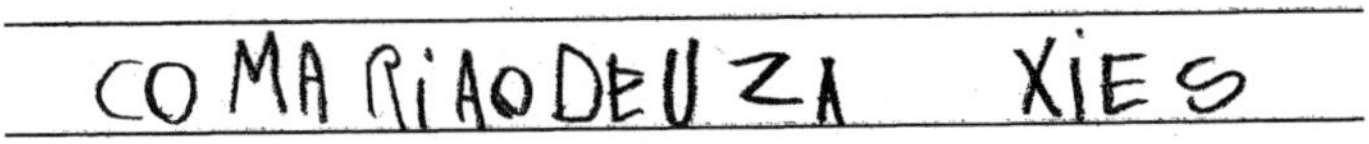

CO MA RiAoDEU ZA   XiES

(**Tradução:** Qual material que usa? Giz)
FIGURA 27: texto 08-03.

Nesse exemplo, a criança disse para a professora o que havia escrito nesta linha de seu texto: "Qual material que usa? Giz." Essa ocorrência foi considerada como um exemplo caracterizador do funcionamento proposto em (4-D), principalmente por se acreditar ser possível identificar, nesse exemplo, a alternância de enunciadores. Tal fato aplica-se a outras ocorrências desse mesmo sujeito e autoriza pensar que um fator determinante para seqüências não-convencionais propostas pelo sujeito 03 – nas quais ele parece intuir o contorno prosódico de um enunciado fonológico – é a constituição de suas produções textuais baseadas na alternância de enunciadores.

As seqüências agrupadas em (4-D) apareceram, predominantemente, em produções textuais em que o gênero discursivo mobilizado pela criança assemelha-se ao gênero que seria possível definir como "histórias em quadrinho" – os quais se estruturam, prioritariamente, pela alternância de falas das personagens envolvidas nas histórias.

Esse tipo de funcionamento captura o sujeito 03 não apenas com sintagmas maiores, como o do exemplo acima, mas também em sintagmas menores, como no exemplo abaixo:

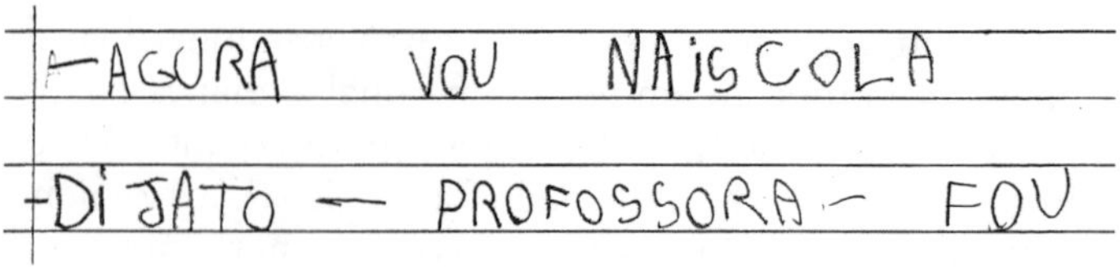

> ┠AGURA VOU NAiSCOLA
> ┠DiJATO — PROFOSSORA - FOU

(**Tradução:** – Agora vou na escola. – Que chato.
– Professora – Vou...)
FIGURA 28: texto 13-03.

Nesse exemplo, interessa a ocorrência "– *DIJATO* –". Nela, a pontuação, bem como a estrutura do texto produzido pela criança, composta pela presença de diferentes enunciadores – diálogos de um elefante consigo mesmo, com a professora, com a mãe e com o guarda –, fez com que este, e outros exemplos semelhantes a este, fosse considerado como uma representação baseada na percepção mais acentuada de um enunciado prosódico e/ou fonológico.

O fato de as ocorrências agrupadas em (4-D) basearem-se, preferencialmente, na percepção de um enunciado fonológico não exclui a possibilidade de uma atuação do código escrito institucionalizado. A própria marcação feita com travessão – que tem, entre outros usos, a propriedade de funcionar como indicativo de diálogo e de mudança de interlocutor (cf. Luft, 1997) – na ocorrência destacada acima constitui um indício da atuação de fatos mais diretamente relacionados ao código escrito institucionalizado: o primeiro travessão parece ter sido colocado posteriormente à escrita de *DIJATO* (o que fica de certo modo confirmado pelo fato de a colocação desse travessão não respeitar a margem e a maior parte dos outros travessões usados pela criança no texto do qual essa ocorrência faz parte, sim) e sinaliza a preocupação da criança em marcar esse enunciado como separado dos anteriores.

Para finalizar, é necessário ressaltar que os sujeitos são capturados diferentemente pelo funcionamento proposto em (4). Esse fato constitui mais um indício da relação particular que esses sujeitos estabelecem com a linguagem em

```
 O LE FATE
─ OTÁXI    PARA  AI ─ MEDA
UM  JONAU ─ DILEGAU ─ AGURA VOVE
─O  QUE  O VIME  A  CAPOU ─
─AGURA   VOU   NAISCOLA
┼DI JATO ─── PROFOSSORA ─ FOU
```

(**Tradução:** O elefante / – Ô táxi! Pára aí! / – Me dá um jornal. / Que legal! / – Agora vou ver... – O quê! O filme acabou? / – Agora vou na escola. / – Que chato! / – Professora! – Vou...)
FIGURA 29: texto 13-03.

sua modalidade escrita: o sujeito 01, como afirmado algumas vezes, parece ser capturado por funcionamentos mais convencionais da escrita privilegiada pela escola; o sujeito 02 parece ser mais sensível a domínios prosódicos hierarquicamente mais baixos – especialmente sílaba e pé –, talvez pelo fato de ser capturado por funcionamentos da escrita padrão que fazem com que esse sujeito esteja atento para o caráter discreto dessa escrita e para as palavras da língua em sua convenção escrita; o sujeito 03, por sua vez, parece ser mais capturado por funcionamentos baseados, sobretudo, em tentativas de registrar graficamente a materialidade fônica do falado com base em domínios prosódicos hierarquicamente mais altos do que a palavra na hierarquia prosódica.

As segmentações não-convencionais e a totalidade de dados encontrados

Com base no exposto até o momento, é possível examinar a Tabela 01 (cf. p. 69), cuja análise foi deixada em suspenso.

Por meio dela e de posse de informações relativas à concepção e execução das atividades que envolveram as produções escritas selecionadas para análise, foi possível observar alguns fatos relativos aos dados selecionados: (a) variação significativa na totalidade de segmentações não-convencionais encontradas por sujeito; (b) variação significativa entre os sujeitos, no interior de cada proposta temática; e (c) variação significativa de um mesmo sujeito em diferentes propostas temáticas.

Além de todas as questões discutidas nas seções anteriores sobre os possíveis fatores envolvidos em decisões infantis sobre como segmentar, para interpretar os fatos descritos em (a), (b) e (c) devem-se levar em consideração, em diferentes medidas, as seguintes hipóteses explicativas: (1) as diferentes histórias de inserção dos sujeitos em práticas sociais orais/letradas; (2) os diferentes modos pelos quais os sujeitos circulam por um imaginário em torno da escrita em sua modalidade padrão; (3) as diferentes formas de relação dos sujeitos com as propostas temáticas e com os gêneros discursivos que elas mobilizaram; e, por fim, (4) as diferentes extensões das produções textuais selecionadas para análise.

Com relação ao primeiro fato destacado – variação significativa entre os sujeitos, no interior de cada proposta temática –, parece resultar, principalmente nas propostas temáticas realizadas no início do ano letivo (01 a 07), dos diferentes modos de inserção dos sujeitos em práticas sociais orais e letradas e, particularmente, dos diferentes modos de inserção dos sujeitos em práticas que requerem o uso da escrita em sua modalidade padrão. Esse fato pode ter contribuído, por exemplo, para que o sujeito 01 apresentasse um número de segmentações escritas não-convencionais bem menor que os sujeitos 02 e 03. O sujeito 01, desde as primeiras propostas temáticas, circulava, com certa tranqüilidade e preferencialmente, por conhecimentos sobre a escrita em sua modalidade padrão – parecia conhecer grande parte das regras de correspondência grafema/fonema, regras ortográficas, entre outros fatos da escrita padrão –, enquanto os sujeitos 02 e 03 pareciam circular por outros diferentes tipos de conhecimentos sobre a escrita.

A afirmação de que as diferentes inserções dos sujeitos em práticas que requerem o uso da escrita em sua modalidade padrão podem explicar, em alguma medida, a variação significativa entre os sujeitos, no interior de cada proposta temática, não se relaciona com a afirmação de que, quanto maior a circulação por práticas que requerem o uso da escrita em sua modalidade padrão, menor será o aparecimento de segmentações não-convencionais. Na verdade, como é possível observar, por exemplo, nas produções textuais resultantes da proposta temática 05[31], nem sempre o número menor de segmentações não-convencionais está relacionado ao maior domínio das convenções ortográficas. Com efeito, nessa proposta o sujeito 01 e o sujeito 03 produziram, cada um, três segmentações não-convencionais, e o sujeito 02 produziu 10 segmentações não-convencionais. O texto produzido pelo sujeito 01 é, entretanto, mais extenso (25 linhas) e aparentemente poderia ser considerado como um texto com mais respostas ao modelo de texto esperado pela escola. Já o texto produzido pelo sujeito 03 é constituído por três linhas, nas quais, se for levado em conta o esperado pela proposta temática, a atribuição de sentidos fica bastante comprometida. O texto produzido pelo sujeito 02, por sua vez, embora apresente um número maior de segmentações não-convencionais, constitui um texto mais próximo ao modelo de texto esperado pela escola.

A variação significativa entre os sujeitos, no interior de cada proposta temática, pode ser explicada também e, em alguns momentos, preferencialmente, pelas diferentes formas de relação dos sujeitos com as propostas temáticas e com os gêneros discursivos que elas mobilizaram. Ver, por exemplo, a proposta 15[32], na qual o fato de o sujeito 03 ter

---

31. Proposta 05: *Pássaro no céu* (história). Para maiores detalhes, cf. Capítulo 3.
32. Proposta 15: *Sobre um bicho* (história). Para maiores detalhes, cf. Capítulo 3.

produzido 40 segmentações não-convencionais e o sujeito 01 não ter produzido nenhuma pode estar relacionado ao fato de o sujeito 03 ter optado por um gênero discursivo do tipo diálogo – e, em especial, o diálogo de histórias em quadrinhos – e o sujeito 01 ter optado por um gênero discursivo mais escolarizado, tendo em vista que sua produção textual é, em muitos aspectos, semelhante a textos de livros didáticos destinados a séries iniciais.

Tal constatação coaduna-se com conclusões a que chegam Rossi (2002) e Delecrode (2002). Em síntese, essas autoras afirmam que, entre os gêneros discursivos nos quais as crianças escrevem, existiriam alguns mais padronizados que tenderiam a favorecer menos os processos de subjetivação e, conseqüentemente, a favorecer menos o aparecimento de seqüências hipersegmentadas e/ou hipossegmentadas; correlativamente, existiriam outros que permitiriam mais manifestações de subjetividade e, logo, nesses gêneros, as crianças hipersegmentariam e hipossegmentariam mais – nesses casos as crianças estariam, possivelmente, mais preocupadas com o desenvolvimento do tema e menos preocupadas com o uso das convenções ortográficas.

A variação significativa entre os sujeitos no interior de cada proposta temática – fato (a) – pode ser explicada, também, pelas diferentes extensões das produções textuais privilegiadas para análise. Ou seja, o fato de uma criança ter produzido uma quantidade maior de segmentações não-convencionais pode estar relacionado ao fato de ela ter escrito mais. Ver, por exemplo, uma vez mais, a proposta 15, na qual as extensões das produções textuais elaboradas pelas crianças e o número de segmentações não-convencionais que foi possível identificar em cada uma delas são bastante diferentes. Se for considerado como critério para medir a extensão do texto o número de palavras morfológicas escritas por cada sujeito, o sujeito 01 produziu um texto menor, com cerca de 80 palavras e nenhuma segmentação não-convencional; o sujeito 03, por sua vez, um texto mais extenso, com cerca de 320 palavras e 40 segmentações não-convencionais; por fim, o sujeito 02 produziu um texto que é possível classificar como intermediário aos textos dos sujeitos 01 e 03, com cerca de 140 palavras e quatro segmentações não-convencionais.

Relativamente ao segundo fator destacado anteriormente – variação significativa de um mesmo sujeito em diferentes propostas temáticas –, parece resultar, num primeiro momento, das diferentes formas de circulação por conhecimentos sobre a escrita em sua modalidade padrão. O sujeito 02, por exemplo, tende a apresentar um número menor de segmentações não-convencionais à medida que supostamente entra em maior contato, por meio de atividades escolares, com as convenções da escrita. No entanto, esse mesmo fato – mudanças decorrentes da captura da criança pelo funcionamento da escrita privilegiada pela escola – por si só não explica as mudanças ocorridas no percurso do sujeito 03. Fatores como as diferentes formas de relação do sujeito 03 com as propostas temáticas e com os gêneros discursivos que elas mobilizaram, bem como as diferentes extensões das produções textuais elaboradas por ele parecem ser fatores que devem ser considerados como mais prioritários para explicar o percurso dessa criança.

Por fim, no que se refere ao terceiro fato destacado anteriormente – variação significativa na totalidade de segmentações não-convencionais encontradas por sujeito –, parece resultar da convergência das hipóteses explicativas (1), (2), (3) e (4) arroladas anteriormente. Ou seja, esse fato pode ser explicado se forem consideradas as seguintes questões: (1) as diferentes histórias de inserção do sujeito em práticas sociais orais/letradas; (2) os diferentes modos pelos quais o sujeito circula por um imaginário em torno da escrita em sua modalidade padrão; (3) as diferentes formas de relação do sujeito com as propostas temáticas e com os gêneros discursivos que elas mobilizaram; e, por fim, (4) as diferentes extensões (tamanhos e/ou volumes) das produções textuais privilegiadas para análise.

No capítulo seguinte, são sintetizadas as discussões tidas como mais relevantes e assinalados também possíveis desdobramentos vinculados às reflexões desenvolvidas.

Considerações finais

Para finalizar, são destacados aspectos considerados como mais significativos da reflexão realizada – não retomamos, portanto, todo o percurso que fizemos, já que interessa enfatizar apenas aquilo que acreditamos serem nossas principais contribuições.

A principal conclusão a que chegamos foi a de que sempre, em diferentes graus, a partir dos funcionamentos propostos, as ocorrências de segmentação escrita não-convencional presentes no material selecionado para análise são resultado do trânsito e/ou da co-ocorrência entre diferentes aspectos das práticas sociais orais e letradas nas quais as crianças possivelmente estão inseridas. Sintetizando os resultados a que chegamos, foi possível sugerir a existência de, minimamente, dois diferentes fatores que parecem atravessar as segmentações não-convencionais feitas pelas crianças: (i) um mais ligado a aspectos prosódicos e vinculado ao que foi considerado, com base em Corrêa (1997), como representação da escrita, proposta pelos escreventes, em sua suposta gênese; e (ii) outro mais ligado à imagem que as crianças teriam do que seria próprio da escrita e vinculado ao que foi considerado, também com base em Corrêa (1997), como uma representação, proposta pelo escrevente, com base no *código escrito institucionalizado*.

Com relação ao primeiro fator destacado acima, foi possível observar que as segmentações não-convencionais propostas pelas crianças resultariam, em alguns momentos, de uma possível pressuposição, feita por elas, de que existiria uma relação unívoca entre aspectos prosódicos da fala e fatos de segmentação da escrita, de modo que os usos da linguagem falada, particularmente as "fronteiras" estabelecidas no fluxo da linguagem oral, pudessem ser transferidos diretamente para a escrita, sem alterações.

Gostaríamos de ter mostrado, no decorrer da discussão feita particularmente no capítulo anterior, que os momentos em que as crianças parecem basear-se numa representação da escrita em sua suposta gênese não estão, de forma alguma, relacionados a uma suposta interferência de aspectos da oralidade na escrita. Contrariamente, as marcas lingüísticas de fatos da oralidade presentes na escrita infantil constituiriam um tipo de marca que permite detectar traços de um imaginário infantil sobre a escrita vinculado, essencialmente, ao imaginário presente nas práticas sociais orais e letradas em que as crianças estão imersas. Sendo assim, constituem, pois, *pequenos fatos* que retomam, em termos de funcionamento, o que acontece com práticas e usos da escrita em geral – escrita esta que é sempre resultado da mediação, interpenetração, intercâmbio, atravessamento, interação com o oral, ou, como preferimos, resultado sempre de seu *modo heterogêneo de constituição* (Corrêa, 1997).

Com relação ao segundo fator exposto acima – que, igualmente, parece atravessar as segmentações escritas feitas de forma não-convencional pelas crianças –, foi possível observar também que tais segmentações resultariam de uma percepção maior do que foi considerado como *código escrito institucionalizado* (Corrêa, 1997). Seriam situações em que as crianças tomariam a escrita como ponto de partida (Corrêa, 1997). Nesses momentos, segundo Corrêa (1997), "o escrevente lida, basicamente, com o que supõe ser – a partir não só do que aprendeu na escola, mas, em grande parte, do que assimilou fora dela – a visão escolarizada de código institucionalmente reconhecido" (Corrêa, 1997, p. 271). É "sempre o caráter de réplica – tentativa de adequar o texto ao que recomenda a prática escolar tradicional" (Corrêa, 1997, p. 273) – que parece estar envolvido nas segmentações não-convencionais em que as crianças parecem basear-se no que elas supõem ser a escrita privilegiada pela escola.

Gostaríamos de ter mostrado, no decorrer das discussões, que essas segmentações evidenciam que as crianças, quando escrevem – na escola ou fora dela –, não estão tentando transcrever sua fala, ou seja, não estão tentando transpor para a modalidade escrita suas reflexões acerca da modalidade oral e/ou suas experiências com a fala, mesmo no que se refere à representação gráfica dos sons. Esse posicionamento, como nos mostra Abaurre (1992), parece ingênuo e estaria ligado ao modo também ingênuo com que são abordadas as relações entre oralidade/letramento e/ou fala/escrita. A observação dos dados selecionados para discussão permitiu considerar que as crianças estão, sempre, lidando com uma *imagem* que elas têm da escrita e, particularmente nos momentos em que ora destacamos, uma imagem que elas têm da escrita que elas supõem ser a preferida pela escola.

É necessário sublinhar, ainda mais uma vez, que a afirmação de que as crianças se movimentam em suas hipóteses de segmentação em direção a aspectos da oralidade – e, particularmente, aspectos prosódicos da oralidade – bem como em direção a aspectos da escrita – e, mais particularmente, o que entendemos como código escrito institucionalizado – e circulam, pois, inevitavelmente, por minimamente dois eixos significa, sobretudo, que esses aspectos estão, sempre e decisivamente, presentes, co-ocorrendo, atravessando a escrita infantil.

Com essa afirmação, queremos ressaltar, uma vez mais, que só metodologicamente, pois, é possível destacar esses dois eixos da circulação do escrevente. Nas produções textuais selecionadas para análise, bem como para qualquer outro tipo de material lingüístico, "não podemos esperar que haja [...] um texto definido por apenas uma das propriedades isoladamente" (Corrêa, 1997, p. 165), já que esses textos passam sempre "necessariamente pela *imagem* que o escrevente faz da (sua) escrita" (Corrêa, ibidem).

Os dados analisados sob os funcionamentos propostos – bem como a falta desses funcionamentos – permitem sugerir também que, na verdade, os diferentes tipos de segmentação não-convencional propostos pelas crianças e os diferentes fatores possivelmente envolvidos nessas segmentações – foram relacionados alguns e, provavelmente, foram deixados de lado outros, aos quais, conforme foi sublinhado diversas vezes, não foi possível a detecção de índices que permitissem localizá-los – são marcas lingüísticas *locais e idiossincráticas* (Abaurre, 1996) que apontam para o funcionamento lingüístico da escrita infantil (heterogêneo, por excelência) e, ao mesmo tempo, para processos de subjetivação do escrevente – constituem-se, pois, em momentos de representação de diferentes modos de negociação do sujeito escrevente com a heterogeneidade constitutiva de seu discurso (Authier-Revuz, 1990).

Do trabalho realizado, duas questões, em especial, precisariam ser compreendidas melhor. A primeira delas diz respeito ao modo como a segmentação escrita em geral – e não apenas a segmentação feita entre palavras por meio de espaços em branco – funciona. Para isso, talvez, fosse necessário buscar informações mais consistentes sobre a história, constituição e funcionamento de diferentes tipos de notação gráfica responsáveis pela distribuição de textos em porções menores e também investigar como as crianças seriam capturadas por esses tipos de notação. A pergunta a ser respondida seria: não sabendo, a princípio, as convenções sobre os modos pelos quais, no português brasileiro, se faz a distribuição do texto em porções menores – seja por meio de espaços em branco, parágrafos, pontuação etc. –, que tipo de fatos ligados às práticas sociais orais e letradas as crianças mobilizariam quando têm diante de si a exigência social de realizar uma distribuição do material gráfico que produzem?

Uma outra questão que mereceria ser compreendida diz respeito à expressão *aquisição da escrita*. Estivemos negando, por diversas vezes, tal expressão, por considerarmos que ela parece não contemplar a existência de uma relação complexa que envolve o *outro* como instância representativa da língua (e da escrita em particular), nem mesmo retrata a escrita na complexidade de seu funcionamento, tampouco considera a criança como *sujeito* escrevente.

Além disso, no que se refere, ainda, a tal expressão, as crianças não *adquirem*, não desenvolvem, nem mesmo constroem – no sentido construtivista do termo – a escrita. Contra essas interpretações correntes – teleológicas, segundo Lemos (1982 e 1999) –, afirmamos que seria interessante perseguir a hipótese de que, na medida em que mudam as condições de produção de seus enunciados – particularmente seus enunciados escritos –, as crianças parecem mudar de *posições enunciativas*. Para nós, portanto, o que parece ocorrer é que as crianças estão, sempre, em diferentes condições de produção de seus enunciados (orais ou escritos), que exigem que elas assumam, conseqüentemente, diferentes *lugares* e diferentes *posições* – afirmação que fazemos com base em Pêcheux (1990). A pergunta a ser respondida, nesse caso, seria: é possível afirmar que também os enunciados escritos infantis resultariam de *formações* e/ou *representações imaginárias* (Pêcheux, 1990)?

Com isso, propomos, de fato, que se estendam os estudos sobre linguagem de uma perspectiva que a entende em sua complexidade também para a escrita infantil. Assinalemos que muitas das afirmações feitas neste livro tinham a pretensão de caminhar nessa direção.

Referências bibliográficas

ABAURRE, M. B. M. "Lingüística e psicopedagogia". In: SCOZ, B. J. L. et al. (orgs.). *Psicopedagogia*: o caráter interdisciplinar na formação e atuação profissional. Porto Alegre: Artes Médicas, 1987, pp. 186-216.

_____. *Oral and Written Texts: Beyond the Descriptive Illusion of Similarities and Differences.* [s.l.: s.n.], 1989.

_____. "A relevância dos critérios prosódicos e semânticos na elaboração de hipóteses sobre segmentação na escrita inicial". *Boletim da Abralin*, v. 11, pp. 203-17, 1991.

_____. "O que revelam os textos espontâneos sobre a representação que faz a criança do objeto escrito?" In: KATO, M. A. (org.). *A concepção da escrita pela criança.* 2.ª ed. Campinas: Pontes Editores, 1992, pp. 135-42.

_____. "Os estudos lingüísticos e a aquisição da escrita". In: CASTRO, M. F. P. (org.). *O método e o dado no estudo da linguagem*. Campinas: Editora da Unicamp, 1996, pp. 111-78.

_____. "Horizontes e limites de um programa de investigação em aquisição da escrita". In: LAMPRECHT, R. R. (org.). *Aquisição da linguagem*: questões e análises. Porto Alegre: EDIPUCRS, 1999, pp. 167-86.

_____. "Dados da escrita inicial: indícios de construção da hierarquia de constituintes silábicos?" In: HERNANDORENA, C. L. M. *Aquisição de língua materna e de língua estrangeira*: aspectos fonético-fonológicos. Pelotas: EDUCAT/ALAB, 2001, pp. 63-85.

ABAURRE, M. B. M.; CAGLIARI, L. C. "Textos espontâneos na primeira série: evidência da utilização, pela criança, de sua percepção fonética para representar e segmentar a escrita". *Cadernos Cedes*, v. 14, pp. 25-9, São Paulo: Cortez, 1985.

ABAURRE, M. B. M. et al. *Cenas de aquisição da escrita*: o trabalho do sujeito com o texto. Campinas: Mercado de Letras, 1997.

ABAURRE, M. B. M.; GALVES, C. "Os clíticos no Português Brasileiro: elementos para uma abordagem sintático-fonológica". In: CASTILHO, A. T.; BASILIO, M. (orgs.). *Gramática do português falado*. Campinas: Editora da Unicamp, 1996, pp. 273-319.

ABAURRE, M. B. M.; GALVES, C. C.; SCARPA, E. M. "A interface fonologia-sintaxe. Evidências do português brasileiro para uma hipótese *top-down* na aquisição da linguagem". In: SCARPA, E. M. (org.). *Estudos de prosódia*. Campinas: Editora da Unicamp, 1999, pp. 285-323.

ABAURRE, M. B. M.; SILVA, A. "O desenvolvimento de critérios de segmentação na escrita". *Temas em Psicologia*. São Paulo, v. 1, pp. 89-102, 1993.

AUTHIER-REVUZ, J. "Heterogeneidade(s) enunciativa(s)". *Cadernos de Estudos Lingüísticos*. Campinas, v. 19, pp. 25-42, jul./dez. 1990.

BAKHTIN, M. "Os gêneros do discurso". In: _____. *Estética da criação verbal*. São Paulo: Martins Fontes, 1992, pp. 277-326.

BIBER, D. *Variation Across Speech and Writing*. Cambridge: Cambridge University Press, 1988. (Tradução, não-publicada, de Manoel Luiz Gonçalves Corrêa.)

BISOL, L. "Constituintes prosódicos". In: _____. *Introdução a estudos de fonologia do português brasileiro*. Porto Alegre: EDIPUCRS, 1996, pp. 247-61.

B-BRAGGIO, S. L. "Sociedades indígenas: a escrita alfabética e o grafismo". In: _____ (org.). *Contribuições da lingüística para o ensino de línguas*. Goiânia: Ed. da UFG, 1999, pp. 139-90.

BRANDÃO, H. H. N. *Introdução à análise do discurso*. Campinas: Editora da Unicamp, 1999.

CAGLIARI, L. C. *Alfabetização e lingüística*. São Paulo: Scipione, 1993.

_____. *Alfabetizando sem o BA-BÉ-BI-BÓ-BU*. São Paulo: Scipione, 1998.

CAPRETTINI, G. P. "Peirce, Holmes, Popper". In: ECO, U.; SEBEOK, T. A. (orgs.). *O signo de três*: Dupin, Holmes, Peirce. São Paulo: Perspectiva, 1991, pp. 149-69.

CHAFE, W. L. "Integration and Involvement in Speaking: Writing, and Oral Literature". In: TANNEN, D. (org.). *Spoken and Written*

Language: Exploring Orality and Literacy. Norwood: Ablex, 1982, pp. 35-53.

_____. "Linguistic Differences Produced by Differences Between Speaking and Writing". In: OSLON, D. R. et al. (orgs.). *Literacy, Language, and Learning*: the Nature and Consequences of Reading and Writing. Cambridge: Cambridge University Press, 1985, pp. 105-23.

COLLINS, J.; MICHAELS, S. "A fala e a escrita: estratégias de discurso e aquisição da alfabetização". In: COOK-GUMPERZ, J. (org.). *A construção social da alfabetização*. Porto Alegre: Artes Médicas, 1991, pp. 242-59.

CORACINI, M. J. R. F. "O cientista e a noção de sujeito na lingüística". *Estudos Lingüísticos*. Bauru, v. 19, pp. 82-9, 1990.

CORRÊA, M. L. G. *O modo heterogêneo de constituição da escrita*. Campinas, 1997, tese (Doutorado em Lingüística). Instituto de Estudos da Linguagem, Universidade Estadual de Campinas, Campinas. Publicado em CORRÊA, M. L. G. *O modo heterogêneo de constituição da escrita*. São Paulo: Martins Fontes, 2004.

_____. "O paradigma indiciário na apreensão do modo heterogêneo de constituição da escrita". *Estudos Lingüísticos*. São José do Rio Preto, v. 45, pp. 72-8, 1998.

_____. "Letramento e heterogeneidade da escrita no ensino de português". In: SIGNORINI, I. (org.). *Investigando a relação oral/escrito e as teorias do letramento*. Campinas: Mercado de Letras, 2001, pp. 135-66.

DELECRODE, C. R. *Uma abordagem lingüística da construção da escrita por estudantes do ensino fundamental*. Relatório PIBIC. Marília (SP), 2002.

FÁVERO, L. L. "Fala e escrita: diferença e integração". *Estudos Lingüísticos*. Ribeirão Preto, v. 29, pp. 273-88, 1994.

FERREIRO, E.; TEBEROSKY, A. *Psicogênese da língua escrita*. 4.ª ed. Porto Alegre: Artes Médicas, 1991.

GINZBURG, C. "Sinais: raízes de um paradigma indiciário." In: *Mitos, emblemas e sinais*: morfologia e história. São Paulo: Companhia das Letras, 1989.

GNERRE, M. *Linguagem, escrita e poder*. São Paulo: Martins Fontes, 1985.

GOLDSMITH, J. A. *Autosegmental and Metrical Phonology*. Oxford: Blackwell, 1990.

GRAFF, H. J. "Reflexões sobre a história da alfabetização: panorama, crítica e propostas". In: _____. *Os labirintos da alfabetização*. Porto Alegre: Artes Médicas, 1994, pp. 25-59.

HAVELOCK, E. "A equação oralidade-cultura escrita: uma fórmula para a mente moderna". In: OLSON, D.; TORRANCE, N. (orgs.). *Cultura escrita e oralidade*. São Paulo: Ática, 1997, pp. 17-34.

KLEIMAN, A. (org.). *Os significados do letramento*. Campinas: Mercado de Letras, 1995.

KOCH, I. V. "Interferências da oralidade na aquisição da escrita". *Trabalhos em Lingüística Aplicada*, Campinas, v. 30, pp. 31-8, jul./dez. 1997.

LEMOS, C. T. G. "Sobre aquisição de linguagem e seu dilema (pecado) original". *Boletim da Abralin*, v. 3, pp. 97-126, 1982.

_____. Prefácio. In: KATO, M. A. (org.). *A concepção da escrita pela criança*. Campinas: Pontes Editores, 1988, pp. 9-14.

_____. "Sobre a aquisição da escrita: algumas questões". In: ROJO, R. (org.). *Alfabetização e letramento*. Campinas: Mercado de Letras, 1998, pp. 13-31.

_____. *Em busca de uma alternativa à noção de desenvolvimento na interpretação do processo de aquisição de linguagem*. Relatório Fapesp, Campinas, 1999.

_____. "Das vicissitudes da fala da criança e de sua investigação". *Cadernos de Estudos Lingüísticos*. Campinas, v. 42, pp. 41-96, jan./jul. 2002.

LUFT, C. P. *Grande manual de ortografia Globo*. São Paulo: Globo, 1997.

LURIA, A. R. "O desenvolvimento da escrita na criança". In: VIGOTSKI, L. S.; LURIA, A. R.; LEONTIEV, A. N. *Linguagem, desenvolvimento e aprendizagem*. São Paulo: Ícone/Edusp, 1988, pp. 143-89.

MARCUSCHI, L. A. *Da fala para a escrita*: atividades de retextualização. São Paulo: Cortez, 2001.

MASSINI-CAGLIARI, G. *O texto na alfabetização*: coesão e coerência. Campinas: Mercado de Letras, 2001.

NESPOR, M.; VOGEL, I. *Prosodic Phonology*. Dordrechet: Foris Publications, 1986.

PÊCHEUX, M. "Análise automática do discurso". In: GADET, F.; HAK, T. (orgs.). *Por uma análise automática do discurso*: introdução à obra de Michel Pêcheux. Campinas: Editora da Unicamp, 1990, pp. 61-162.

POSSENTI, S. "O 'eu' no discurso do outro ou a subjetividade mostrada". *Alfa*, São Paulo, v. 39, pp. 45-55, 1995.

_____. "O sujeito e distância de si e do discurso". *Estudos Lingüísticos*. São Paulo, v. 28, pp. 156-61, 1999.

ROCHA, I. L. V. "O sistema de pontuação na escrita ocidental: uma retrospectiva". *DELTA.* São Paulo, v. 13, n. 1, pp. 87-117, 1997.

ROSSI, C. *Uma abordagem lingüística da construção da escrita por estudantes do ensino fundamental.* Relatório PIBIC. Marília (SP), 2002.

SAUSSURE, F. *Curso de lingüística geral.* São Paulo: Cultrix, 1971.

SCARPA, M. E. "Sobre o sujeito fluente". *Cadernos de Estudos Lingüísticos.* Campinas, v. 29, pp. 163-84, jul./dez. 1995.

SEBEOK, T. A.; UMIKER-SEBEOK, J. "Você conhece meu método". In: ECO, U.; SEBEOK, T. A. (orgs.). *O signo de três*: Dupin, Holmes e Peirce. São Paulo: Perspectiva, 1991, pp. 13-58.

SELKIRK, E. O. *Phonology and Syntax*: the Relation Between Sound and Structure. Cambridge: The MIT Press, 1984.

SIGNORINI, I. "O oral na escrita de sujeitos não ou pouco escolarizados". *Leitura: teoria & prática,* v. 34 (18), pp. 5-12, 1999.

SILVA, A. *Alfabetização*: a escrita espontânea. São Paulo: Contexto, 1994.

SOARES, M. *Letramento*: um tema em três gêneros. Belo Horizonte: Autêntica, 1998.

STREET, B. V. "Cross-cultural Perspectives on Literacy". In: VERHOEVEN, L. *Functional Literacy*: Theoretical Issues and Educational Implications. Amsterdam: John Benjamins, 1994, pp. 95-111. (Tradução, não-publicada, de Marcos Bagno.)

TANNEN, D. "The Myth of Orality and Literacy". In: FRAWLEY, W. (org.). *Linguistics and Literacy.* Nova York: Plenum Press, 1982, pp. 37-50.

TENANI, L. E. "Rindo de piadas, manipulando a língua". Campinas, 2000 (Inédito).

_____. *Domínios prosódicos no Português do Brasil*: implicações para a prosódia e para a aplicação de processos fonológicos. Tese (Doutorado em Lingüística). Instituto de Estudos da Linguagem, Universidade Estadual de Campinas, Campinas, 2002.

TFOUNI, L. V. "Perspectivas históricas e a-históricas do letramento". *Caderno de Estudos Lingüísticos.* Campinas, v. 26, pp. 49-62, jan./jun. 1994.

_____. *Letramento e alfabetização.* São Paulo: Cortez, 2000.

Anexos

Formas gráficas apresentadas pela professora para a realização das propostas temáticas 01, 02, 03, 04, 09 e 10, bem como produções textuais dos sujeitos 01, 02 e 03 relativas a todas as propostas temáticas (01-15).

FORMA GRÁFICA REFERENTE À PROPOSTA
TEMÁTICA 01

EU SOU
O PIRATA DA
PERNA DE PAU...
...DO
OLHO DE
VIDRO, DA
CARA DE
MAU!

PRODUÇÕES TEXTUAIS REFERENTES À PROPOSTA TEMÁTICA 01[1]

> EU SOU
> O PIRATA DA
> PERNA DE PAU
> DO OLHO
> DE VIDRO
> DA CARA DE
> MAU!

(texto 01-01)

> EU SOA
> O PIAEI DE
> PAU DE VIRAE
> DO
> PIRA E
> MIR E DE!

(texto 01-02)

1. Nesta e nas demais produções que seguirão nestes "Anexos", os dois algarismos antes do hífen correspondem ao número de cada uma das 15 propostas temáticas, e os dois algarismos que seguem o hífen correspondem ao número de cada um dos três sujeitos.

DE SOU PERTPQA

DE UAU .... PIRTUOQV

(texto 01-03)

FORMA GRÁFICA REFERENTE À PROPOSTA TEMÁTICA 02

O DOCE PERGUNTOU PRO DOCE
QUAL É O DOCE MAIS DOCE.
E O DOCE RESPONDEU PRO DOCE
QUE O DOCE MAIS DOCE
É O DOCE DE BATATA-DOCE.

PRODUÇÕES TEXTUAIS REFERENTES À PROPOSTA TEMÁTICA 02

O DOCE PERGUNTOU PRO DOCE

QUAL É O DOCE MAIS DOCE

O DOCE RESPONDEU PRO DOCE

QUE O DOCE MAIS DOCE DE BATATA DOCE

(texto 02-01)

O DOCE PRMUTI ROP DOCE
QULA É O DOCE QUA DOCE
O DOCE RUILH ROPODOCE
MIUL DOCE ROP BALi-DOCE

(texto 02-02)

O CONE   XAOOAA

AOENX

BIO   AOL

AOA   BOIABOL

XOA   XOA

(texto 02-03)

FORMA GRÁFICA REFERENTE À PROPOSTA TEMÁTICA 03

A FOCA

Vinícius de Moraes

QUER VER A FOCA
FICAR FELIZ?
É PÔR UMA BOLA
NO SEU NARIZ.

QUER VER A FOCA
BATER PALMINHAS?
É DAR A ELA
UMA SARDINHA.

QUER VER A FOCA
PROCURAR UMA BRIGA?
É ESPETÁ-LA
BEM NA BARRIGA.

PRODUÇÕES TEXTUAIS REFERENTES À PROPOSTA TEMÁTICA 03

A FOCA

QUER VER A FOCA
FICAR FELIZ?
É POR UMA BOLA
NO SEU NARIZ.

QUER VER A FOCA
PROCURAR UMA BRIGA?
É ESPETÁ-LA
BEM NA BARIGA.

QUER VER A FOCA
BATER PALMINHAS?
É DAR A ELA
UMA SARDINHA.

(texto 03-01)

QUER VER A FOCA
FICA FE REFI ÃO FO QUE RA UMA
BOLA BO BE MARIS.

QUER, VER A FOCA, BA RE PAFI
RA E RA UMA SAFIRÃO

QUER VER A FOCA
BO QU RA UE UMA FI RA
É FISPE RA, QISI PETA LA BEM
I NA BARRIGA

(texto 03-02)

A FDOA
QEU O R VAOAOROSRi
OÃA VOAIZ
EiCAR FEL ?.
QAOLiSAiA i

(texto 03-03)

FORMA GRÁFICA REFERENTE À PROPOSTA TEMÁTICA 04

ATIREI O PAU NO GATO

73

ATIREI O PAU NO GATO-TO
MAS O GATO-TO
NÃO MORREU-REU-REU
DONA CHICA-CA
ADMIROU-SE-SE
DO BERRÔ, DO BERRÔ
QUE O GATO DEU
MIAU!

PRODUÇÕES TEXTUAIS REFERENTES À PROPOSTA TEMÁTICA 04

> 19/05/2.000
>
> ATIREI O PAU NO GATO-TO
>
> MAS O GATO-TO
>
> NÃO MOREU-REU-REU
>
> DONA CHICA-CA
>
> ADMIROU-SE-SE
>
> DO BERRO DO BERRO
>
> QUE O GATO DE MIAU

(texto 04-01)

19/05/2.000

ATIREI O PAU NO GATO

ATIREI O PAU NO GATO-TO

MAIS O GATO-TO

NÃO MORREU-REU-REU

DONA CHIK-K.

A DIMIRO-SE-SE

DO BERO-RO-RO

QUE O GATO

DEU MINO?

(texto 04-02)

19/05/2.000.

ATIEOEUGATO TODG o GOIGA

TOTE i CCC OT-OT

IOAGATO ITOe CCC AORDIDO

GATO CTOCCCXIGATO TOGG

OCT E O iOHOiiAO

GATO EU...!

(texto 04-03)

PRODUÇÕES TEXTUAIS REFERENTES À PROPOSTA TEMÁTICA 05

O PÁSSARO DO CÉU

ERA UMA VEZ UM PASSARINHO QUE SE CHAMAVA PAULO

PAULO ESTAVA NAS NUVENS POR QUE QUERIA VER O CÉU MAS DE PERTO.

TODO DIA ELE IA NO CÉU COM SEU MICROSCOPIO PARA VER A TERRA PAULO SO NÃO VIA A TERRA LÁ NA TERRA POR QUE ONDE MORAVA AVIA MUITOS GATOS!

E PASSAROS ERA JUSTO O QUE OS GATOS GOSTAM.

O PAULO NEM QUERIA VER A CARA DO CHEFE DOS GATOS.

E PRA PIORAR UM DOS GATOS ESTAVA COMENDO UMA JOVEM PASSARINHA. COM TRINTA E UM ANOS, ERA PERFEITA, PARA ELE QUE VOUTOU PARA A TERRA PARA SOCORELÁ

PAULO DIZIA VEM SEUS GATOS MALVADOS EU VOU ACABAR COM VOCÊS MAS OS GATOS SO QUERIAM COMER A POBRE PASSARINHA.

ENTÃO PAULO TEVE UMA GRADE IDEIA.

ELE CHAMOU A ATENÇÃO DE DOIS GATOS OS DOIS GATOS POLARÃO DIZINDO UM PASSARINHO ELE É MEU, MAS A IDEU DOS GATOS NÃO FOI MUITO BOA, ACABARÃO BATENTO A CABEÇA E CHAMOU A ATENÇÃO DOS OUTROS GATOS.

TODOS OS GATOS SO QUIZERÃO SABER DE COMER O PAULO E DEIXARÃO A FEMIA DE LADO QUE SE CHAMAVA KARINA.

QUANDO PAULO VUOL PARA A TERRA CHAMOU KARINA PARA O CÉU KARINA ACEITOU O CONVITE PAULO E KARINA FORÃO PARA O CÉU E VIVERÃO FELIZES PARA SEMPRE

(texto 05-01)

UMA GANINHA

ÉRAU UMA GANINHA QUE CHAMADO
LUIS ELE MORAVA NO SEU
E FICAUA OLHANDO POXÃU
ESTAVA VEIDO DE HOMEM E VIA OÃO-
TE DE MULHER. E ELE ESDAVA COM VOTADE
DE IN PARA TERA E ARUMOU A
SUA MALA E FOI PARA TERA
E ARUNOI UMA NAMO RADA
ELE PAVA NO CAZAMEITO
E NO OTOTIA ELA DE CUPRIU
QUE ELE DAVA NAMODO O TRA
FINOU

(texto 05-02)

O qAUM o
DORUM DM OU ONO UVA
OVVVVOA

(texto 05-03)

PRODUÇÕES TEXTUAIS REFERENTES À PROPOSTA TEMÁTICA 06

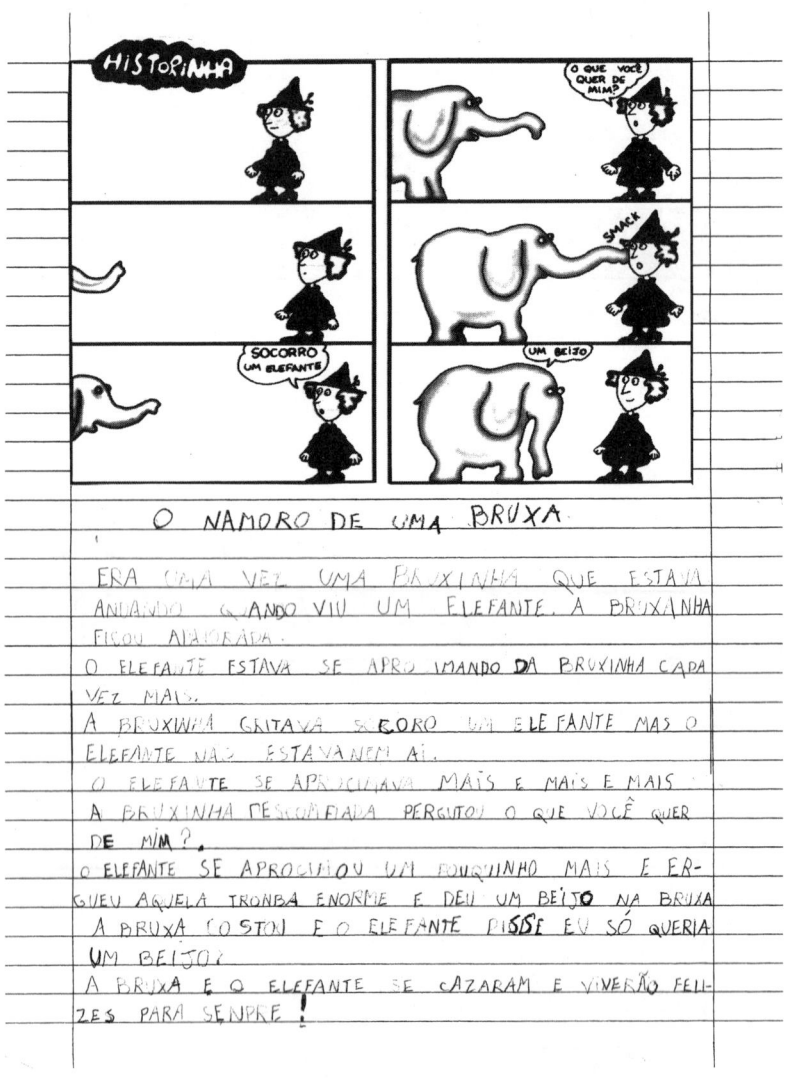

O NAMORO DE UMA BRUXA

ERA UMA VEZ UMA BRUXINHA QUE ESTAVA ANDANDO QUANDO VIU UM ELEFANTE. A BRUXINHA FICOU APAIXONADA.
O ELEFANTE ESTAVA SE APROXIMANDO DA BRUXINHA CADA VEZ MAIS.
A BRUXINHA GRITAVA SOCORO UM ELEFANTE MAS O ELEFANTE NÃO ESTAVA NEM AÍ.
O ELEFANTE SE APROXIMAVA MAIS E MAIS E MAIS.
A BRUXINHA DESCONFIADA PERGUTOU O QUE VOCÊ QUER DE MIM?.
O ELEFANTE SE APROXIMOU UM POUQUINHO MAIS E ERGUEU AQUELA TROMBA ENORME E DEU UM BEIJO NA BRUXA. A BRUXA COSTOU E O ELEFANTE DISSE EU SÓ QUERIA UM BEIJO.
A BRUXA E O ELEFANTE SE CAZARAM E VIVERÃO FELIZES PARA SENPRE!

(texto 06-01)

OS NAMORADOS

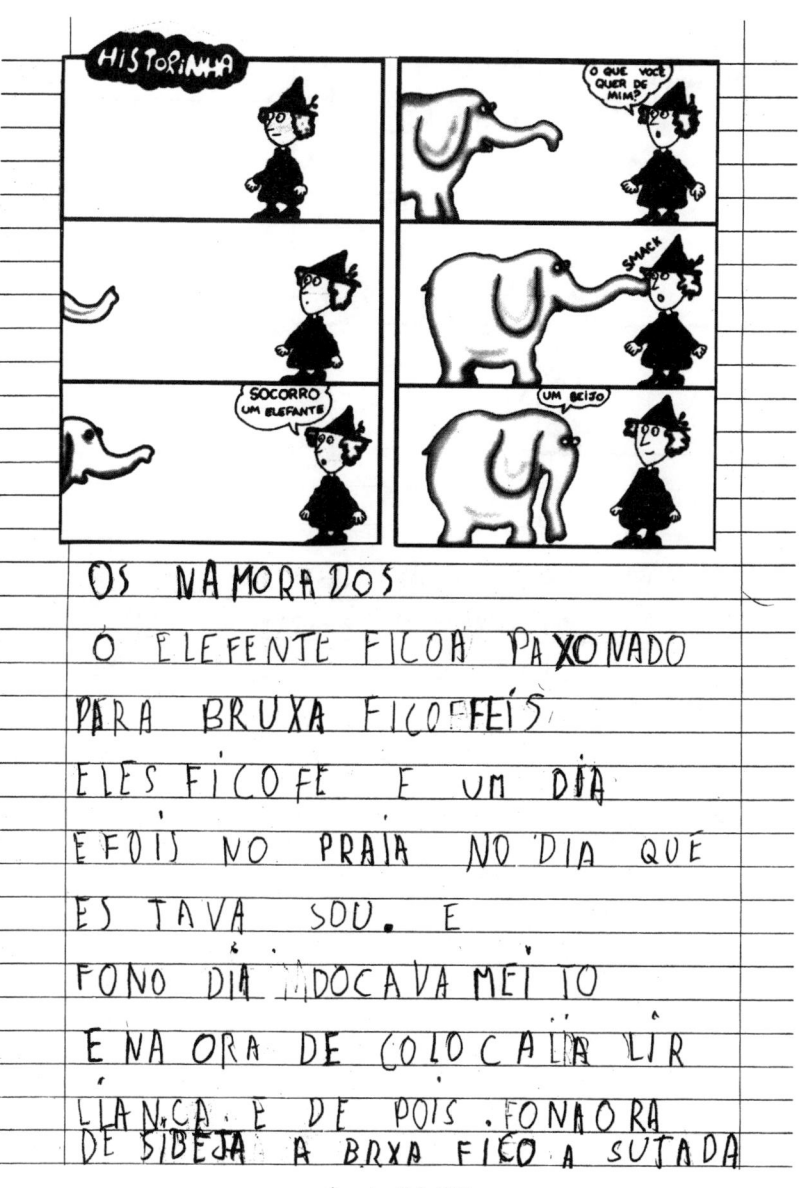

O ELEFENTE FICOA PAXONADO

PARA BRUXA FICO FEIS

ELES FICO FE E UM DIA

E FOIS NO PRAIA NO DIA QUE

ESTAVA SOU. E

FONO DIA IDOCAVA MEITO

E NA ORA DE COLOCAIA LIR

LIANCA E DE POIS. FON A ORA

DE SIBEJA A BRXA FICO A SUTADA

(texto 06-02)

OLEFANTE E ABRUXA

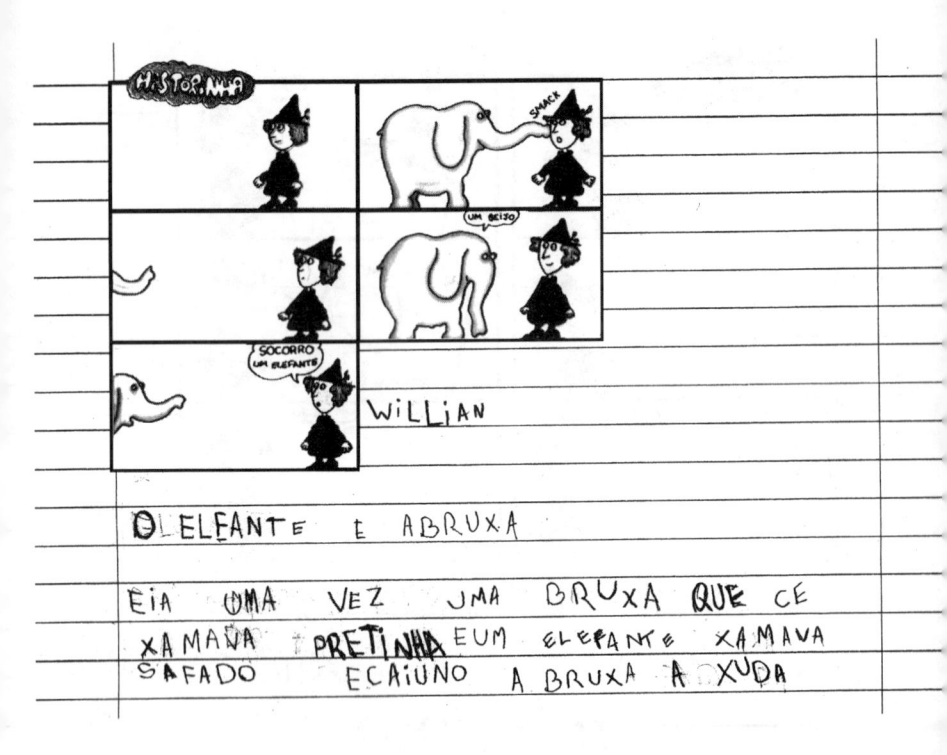

EiA UMA VEZ UMA BRUXA QUE CE
XAMAVA PRETINHA E UM ELEFANTE XAMAVA
SAFADO ECAiUNO A BRUXA A XUDA

(texto 06-03)

PRODUÇÕES TEXTUAIS REFERENTES À PROPOSTA
TEMÁTICA 07

O GATO DA BRUXA FELISBINA

NUM SERTO DIA A BRUXA FELISBINA ESTAVA MUITO CANSADA E DESSIDIU ADEITAR NO SEU SOFA COM O SEU GATO ENTÃO A BRUXA LOGO FOI PARA A TERRA DOS SONHOS.

O GATO FOI DE FININHO PARA PEGAR A FARINHA MAGICA DA BRUXA.

LOGO DEPOIS DE PEGAR A VARINHA O GATO FEZ UMA MAGICA TRANSFORMANDO O TELEFONE E O VAZO EM UM HAMBURGUER E UM REFRIGERANTE.

O GATO COMEU E BEBEU TUDO.

A BRUXA LOGO ACORDOU E O PIOR É QUE O TELEFONE TOCOU NA BARIGA DO GATO.

A BRUXA FICOU DEZISPERADA MANDOU IMEDIATAMEMTE O GATO PARA A VETERINARIA.

A VETERINARIA CUIDOU DO GATO QUE COM A BRUXA FOI PARA CASA Fim.

(texto 07-01)

A BRUXA E O GATO

ERA UMA VEIS UMA BRUXA QUE SIXAMASA
BRUNA E UMA GATO QUE SIXAMASA
RAI E A BRUXA E O GATO O GATO
VIU A BRUXA DORMIDO E O GATO PULOU
NA BRUXA E CATOU A VARINHA
E VEIS UMA MAGICA E O TELEFONE
VIRO UM LANCHE E O GATO COMEU
O LANCHE E O TELEFONE QUE VIRO
LANCHE TOCOU NA BARIGA DO GATO
E O A BRUXA ACORDOU E A BRUXA
ISMAGOU O GATO E O GATO QUASI
MORRE O GATO E O GATO PREDIU PREDÃO
PRARA BRUXA E A BRUX DISCUPOU O
GATO

(texto 07-02)

O GATO ┌ E VELiBiNA

A VELiBiNA DAFANDCENOSA iOGATO

TAFA O NHAN NOAFA Ri⌐ icA TAN

₩A CUE AiiA TiA TioT BoiOVoViA iEC

E TA FV 7i/R O RooRT7◯

R DO TORiOCEiEA TDQO ciORo

iDicATAiAR Bo RORRBBoA

B iAB ADCETAAiO+FA IoTC RTOA

RERT ₸T icO coiO RO

OQR T iToCEM+RiARRiO

RiOE+O WiLLiAM iADAEiOi

(texto 07-03)

PRODUÇÕES TEXTUAIS REFERENTES À PROPOSTA TEMÁTICA 08

NOME DA BINCADEIRA: MAMÃE DA RUA

MATERIAL: GIZ

COMO SE BRINCA, FAZ UMA RISCA NO CHÃO DEPOIS ESCOLE UMA CRIANÇA PARA FICAR NO MEIO DA RISCA, CUANDO AS CRIANÇAS ESTIVEREM PASSANDO PELO RISCO A CRIANÇA QUE ESTIVER NO MEIO DA RISCA DEVE PEGAR AS OUTRAS.

FINAL DA BRINCADEIRA
A BRINCADEIRA TERMINA COANDO TODOS FOREN PEGOS

(texto 08-01)

MAMÃE DÁ RUA

BRINCADEIRA DE CRIANÇA
MATERIAU: GIZ
COMO SE BRICA: ESCOLE UMA CRIANÇA
PARA SE AMÃE E O ZOTRO O FILHO
O ZOTRO CORRE E A MENINA DO
MEIO TEM QUE CATAR UMA
CRIANÇA E DEPOIS DE CATAIR
TOTAS CRIANÇA ACABE A BRINCADEIRA

(texto 08-02)

MAME E DACURA

BRICADEIRAS DEDI CRIANÇO

COMOCE BRICA ECOLE UMA MILINA
E ELA VICALA RO NA IOZOTO PASA NARO

RAMILINA QUE VOIQUELI DO COREA DENA

CO MARIAODEUZA XIES

(texto 08-03)

FORMA GRÁFICA REFERENTE À PROPOSTA TEMÁTICA 09

O CRAVO E A ROSA

O CRAVO BRIGOU COM A ROSA
DEBAIXO DE UMA SACADA
O CRAVO SAIU FERIDO
A ROSA DESPEDAÇADA.

O CRAVO FICOU DOENTE
A ROSA FOI VISITAR
O CRAVO TEVE UM DESMAIO
A ROSA PÔS-SE A CHORAR.

PRODUÇÕES TEXTUAIS REFERENTES À PROPOSTA TEMÁTICA 09

12/8/2001

O cravo e a rosa

O cravo brigou com a rosa

debaixo de uma sacada

o cravo saiu ferido

a rosa despedaçada

o cravo ficou doente

a rosa foi visitar

o cravo teve um desmaio

a rosa pôs-se a chorar

(texto 09-01)

2/8/2.000

O CRAVO E A ROSA

O CRAVO BRIGOU COM A ROSA
DEBAIXO DE UMA SACADA
O CRAVO SAIU FERIDO
E A ROSA DESPEDAÇADA
O CRAVO FICOU DOENDE
A ROSA FOI VISITAR
O CRAVO TEVE UM DESMAIO
A ROSA POS-SE A CHORAIR

(texto 09-02)

2/8/2.000/

O BRAFO E A ROSA
O BRAFO BRICO COM A ROSA
TEBA TE UM MASA CADA
O BRAVO SAIOFIM RRIDO
A ROSA TECE DITEBADA
O BRAVO FIMCODOETE
A ROSA FOFIM ZIDA
O CRAVO TEFE UM TES MAILO
A ROSA TOPE ACHO RAR

(texto 09-03)

FORMA GRÁFICA REFERENTE À PROPOSTA TEMÁTICA 10

O SAPO

O SAPO NÃO LAVA O PÉ
NÃO LAVA PORQUE NÃO QUER
ELE MORA LÁ NA LAGOA
NÃO LAVA O PÉ
PORQUE NÃO QUER!
MAS QUE CHULÉ!

PRODUÇÕES TEXTUAIS REFERENTES À PROPOSTA TEMÁTICA 10

O sapo 18/81

O sapo não lava o pé
Não lava porque não quer
Ele mora la na lagoa
Não lava o pé porque não quer
mas que chule!

(texto 10-01)

08/08

O SAPO

O SAPO NÃO LAVA O PÉ
NÃO LAVA PORQUE NÃO QUER
ELE MORA LÁ NA LAGOA
NÃO LAVA O PÉ POR QUE NÃO QUE
MAS QUE CHULÉ!

(texto 10-02)

O SAPO

O SAPO NÃO LAVA

O PÉ PO QUE NÃO

QUE LAVA O PÈ

PO QUE NÃO MAI NÃO

LAD PÉ E LE

NÃO LAVA O PÉ PO

QUER NÃO LAVA

PO QUE NÃO

MAI DI XO LE

(texto 10-03)

PRODUÇÕES TEXTUAIS REFERENTES À PROPOSTA TEMÁTICA 11

A BRUXINHA FELIZBINA E O SEU CÃOZINHO VITROLA BOBI

ERA UMA VEZ UMA BRUXINHA QUE SE CHAMAVA FELIZBINA QUE ESTÁVA PASSEANDO COM SEU CACHORRO BOBI NUMA TARDE DE FIM DE SEMANA.
A FELIZBINA ESTAVA DESCONFIADA DE QUE BOBI DARIA UM BELO APARELHO DE SOM E UM DISCO E FEZ UMA MAGICA SURPRESA E O TRANSFORMOU EM UMA VITROLA E UM DISCO E LIGOU A VITROLA E SAIU UM SOM SUAVE ♪♫♪♩♫ MAS DE REPENTE A MUSICA SUAVE PAROU E UM AU AU AU AUAU AU AU AU AU AUAU AU AU E A FELIZ BINA FICOU LOUCA E PEGOU UMA PEDRA E TRANSFORMOU EM UMA MARRETA PARA DESTRUIR A VITROLA E DEPOIS TRANSFORMOU A MARRETA EM UMA VASSOURA E UMA PÁ. ELA VARREU A VITROLA E JOGOU NO LIXO E VOUTOU PARA CASA POIS ESTAVA MUITO CANSADA.

Fim

(texto 11-01)

a bruxa e o seu cachorro

Meu conto diz uma bruxa que sexamara
Rose ela cara paseano com o seu cachorro que sexamara toco a bruxa falou
— ele vou trãs sormar eu toco n uma vitrola. e
e trãs sormou o cachorro em uma vitrola
a bruxa rare olhou bem e falou
— eu vou colocar uma muzica linda
muito linda a dansou e falou
— é isa muzica é mesmo linda
eu densano eu fico feliz.
e drento da vitrola.
o cocha que estava muito truste latiu
— au au au au a bruxa falou
— ai eu e não vou acuentraun
ece au au de ce cachorro eu acho
que eu vote que quebraun oesa
vitrola o ceu não quebraun esa
vitrola.
— a eu jastei oque eu vo vazer com
isso o cachorro ficou cachorro de
novo
a bruxa virou de costa e falou.
— eu vou transformar ele em
uma utatua.
eu pegou a sua varinha e fez uma
utatua um minuto depois
o cachorro voutou cer cachoro de
novo.
e o cachorro pulou na bruxa e
pegou a vara e transformou ne um
boneco e cachorro durmiu e o
boneco que é a bruxa saiu andano
e ela saiu andano e no outro dia
de manharinha a bruxa vou tou para
casa e recuperou a sua vara do cachorro a bruxa falou
— eu vo transformar em um
trusiper.
ela fez uma magica e o cachorro vi-
rol num trusiper a bruxa falou
— não vai da tchal o prunsiper
que é o cachorro falou
— au au au au.
No ...

UMA BRUJA ESPETA
DIA UM CACHORO PASIANO
NARUA E A BRUJA
VEIS O V CACHORO VIRA
UM CEDE I SAIU UMA
MUSICA I A MUSICA VEIS
AU AU AU AU AU AU AU AV
AU AU E A BRUJA QUE BROU
CEDE I DIA UMA VUMICA
NARUA I A BRUJA
VEIS A VUMICA VIRA UMA
PETRA E VEI VEIO MININOS
E TACO A BRUJA CAIU NOCU
RACO E OS MININOS
CATO A VARIA E VEIS
O RELOCHO VIRA UMA COLA
E A BRUJA SAIU E E LACA TO AVARIA
E É LA VIVE U MUTO VELIS
É LACA TOU A VARIA

(texto 11-03)

PRODUÇÕES TEXTUAIS REFERENTES À PROPOSTA TEMÁTICA 12

PRODUÇÃO DE TEXTO

SE EU FOSSE UMA PIPA...

se eu fosse uma pipa eu gostaria de ser bem colorido com as cores alegres como amarelo vermelho azul verde e rosa escuro e tambem gostaria que meu dono é cuidadoso e lá de uma gostaria de ver crianças brincando e não brigar mas não me rasgue por favor!

(texto 12-01)

PRODUÇÃO DE TEXTO

SE EU FOSSE UMA PIPA...

eu queria ter uma Rabiola enorme e eu ia ser muito colorida e queria zuar no auto e zer a gente i Brincanno e o nomorado se beijano.

e quero zer mão e filho ou filha se abraçano e zer menino ou menina indo para Escola zer pai e filho a paciar e zer menina ou menino Brincabelir e zer criança correndo e quero que o menino que estar soltano eu queria que ele fazer que eu ficase voano para todo lado e fica voano a tarde em teura zer as criança correndo Brincando jogar Bola e felis rindo e sarrindo e brincando e um brincar com o otro e umote de criança brincando com umote de outra bruança e zer gente abraçar e sorrir

(texto 12-02)

PRODUÇÃO DE TEXTO

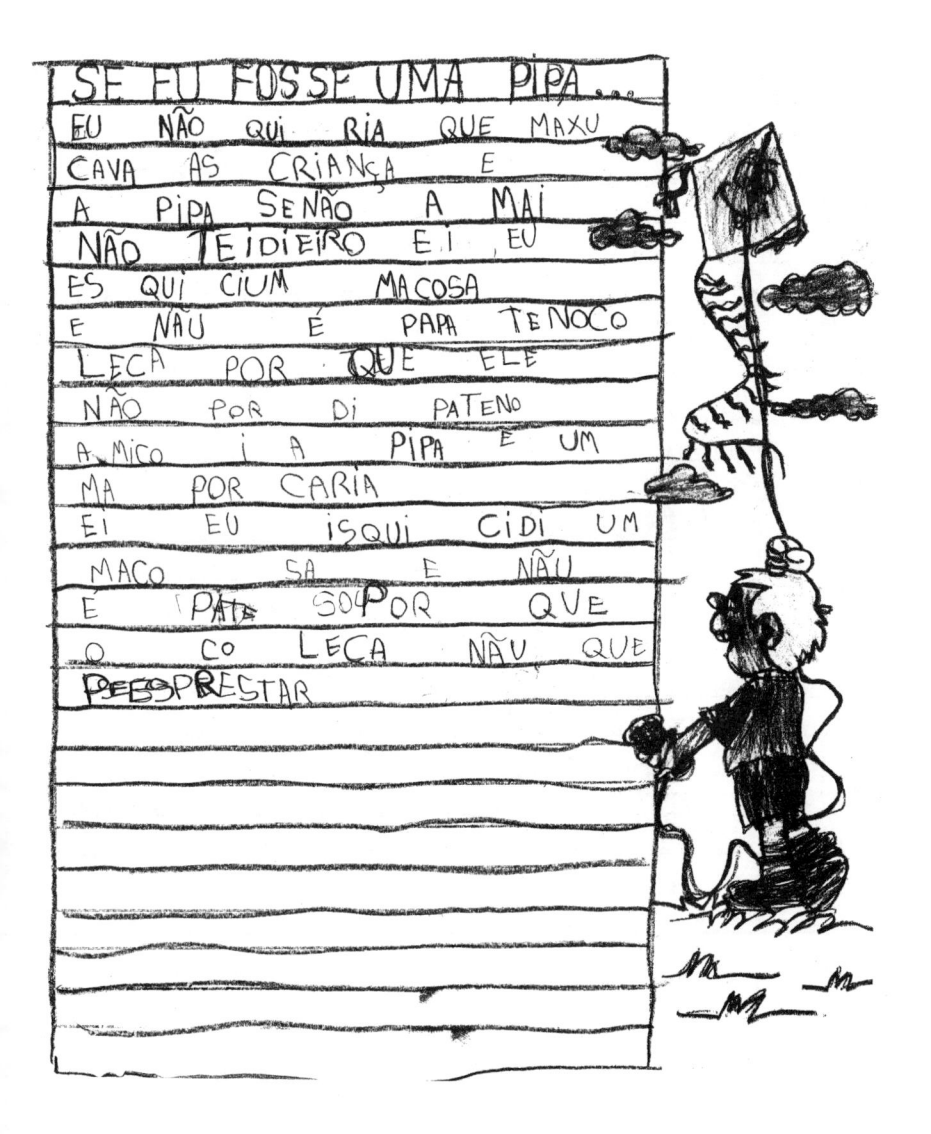

SE EU FOSSE UMA PIPA...
EU NÃO QUI RIA QUE MAXU
CAVA AS CRIANÇA E
A PIPA SENÃO A MAI
NÃO TEIDIEIRO EI EU
ES QUI CIUM MACOSA
E NAU É PAPA TENOCO
LECA POR QUE ELE
NÃO POR DI PATENO
A MICO I A PIPA É UM
MA POR CARIA
EI EU ISQUI CIDI UM
MACO SA E NAU
E PATE SO POR QVE
O CO LECA NAU QUE
PEES PRESTAR

(texto 12-03)

PRODUÇÕES TEXTUAIS REFERENTES À PROPOSTA TEMÁTICA 13

O elefante elegante

O elefate bruno fugil do bosqui e foi para ponto de taxi e coando o taxi chegou o elefante disse
— para a cidade,
chegado lá foi pra loja de ropa e perguntou
— tem o tamanho GG?
a dona da loja achou a ropa serta pra ele e disse:
sim tem sim
— cantto custa
disse o elefante
— 5,90
disse a vendedora, o elefante coprou a roupa em seguida foi ver um filme de terror ele ficara com medo e saiu correndo ler um jornal mas o jornal anunciava montes ele tirou a ropa e voutou corendo para o bosque mas ele numca ira esquecer do que ele fez na cidade

(texto 13-01)

O elefante

O elefante foi procura Taxi!
ele pegou um Taxi!
— Vamos para cinema
o elefante foi asistir um filme
Bacana que se chama o cachorra
e o seu dono e depois foi na
loja e falou.
Ó loja! elde jornaum, por mau
— ele queiro jornau Seu marcos
o elefante sicou comversano
con o marcos e falou —
— marcos ela fui no cinema
queí que eu conto para você
— quero — é um menino
jogou um osso e o sue cachorro
foi otrais do osso o
cachorro voutou para
o seu dono e a mãe do menino
Mandou para fora, de
casa e o menino foi porocura
o cachorro.
e depois acabou o fiueme
acabou
— o que depois você feis
— de pois eu
virra aci comprar um jornau
— Tarcis — tasu
o elefante foi para
sua casa
no outra dia o elefante
foi conporar o jornale de hoje!

(texto 13-02)

O LE FATE

— O TÁXI PARA AI — MEDA

UM JONAU — DILEGAU — AGURA VONE

— O QUE O VIME A CAPOU —

— AGURA VOU NAiSCOLA

— DiJATO — PROFOSSORA — FOU

LAFORA — NÃO VOSE NÃO VAiLAVORA

NÃU — FICAQUETO JATO — MULEQUE

JATO MAUTOCATO — FOSAiDAQUI —

— SONORO — PARA AI —

EU NÃU FOPARANÃO — EUSO O

GUARDA — AGURA TOTELEFONA

PASU A MAi LiLiLiLiLiLi — JATO

O MEFiU O QUEDiELEFEiS —

EU TOAQUI FiNHO FOMO SAi O TÁXI

EAiSTORAiA CAPO

(texto 13-03)

PRODUÇÕES TEXTUAIS REFERENTES À PROPOSTA
TEMÁTICA 14

Uma bruxa no natal

Num serto dia a bruxa Felisbina estava passeando na pracinha e foi pra cá e pra lá e derrepente viu uma macieira e um gatinho embaixo e logo pensou:
— Bem que eu poderia transformar as maçãs em bolinhas, a macieira em árvore de natal e o gato em presentes.
E o gato estava morrendo de medo e morrendo de tremer e lá vai a bruxinha fazendo suas magicas transformou a macieira e as maçãs em uma bela árvore de natal e pensou:
— Pronto agora esta bem mas falta os presentes.
E logo transformou o gato em presente:
— Pronto agora está otima mas falta o papai noel.
Disse a bruxinha e um papai noel apareceu do nada e dissendo
— Hou hou hou quem disse "falta papai noel" aqui estou eu e que é esse presete?
— É isso que eu quero saber oh gatinhos!
Disse a Felisbina:
— Ola gatinhos me dá um dá.
Disse o papai noel:
— Não não não e não esses gatinhos são meus.
Disse a Felisbina:
— Vai dar trabalho.
Disse o papapi noel:
— Deixa!
Disse a Felisbina e viveu feliz com os gatos.

(texto 14-01)

A bruxa e o gato

Era uma vez uma bruxa que se chamava felisbina ela olhou para a trás e viu uma árvore e um gato a bruxa virou rapidamente e falou:
— Sim salabrim faça essa árvore virar se uma pinheiro.
O gato ficou olhando para o pinheiro a bruxa ficou olhando para o gato e tranformou o gato em um presente.
A bruxa abriu o presente e viu que lá tinha um monte de gato e papai noel chegou e falou:
— ra ra ra bruxa felisbina você continua transformando gatos em presentes você sabe que isso não dar serto.
A bruxa falou:
— isso vai dar serto um dia.
A bruxa levou os gatos para sua casa. Quando chegou em casa a bruxa golocou os gatos em uma jaula. E tranformou um gato em uma vassoura.

A BRUXA E O NATAL

ERA UMA VEZ

A BRUXA VIU UM GATO E UMA ARVORE

E ELA FEZ PUPA PUPA E A ARVORE VIROU PINHEIRO DE NATAL.

E ELA VIU VIU UM GATO E FEZ PUPA PUP

E O GATO VIROU UMA CAIXA

E ABRIU E TINHA QUATO GATOS

E O PAPAI NOEL FALOU BRUJA ISO

NÃO SE FAZ POR QUE NÃO

EU TECHO VOCÊ CO GATOS SO

VOCÊ FASE UMAS ROPAS TA BOM

VOP VUP VUP VUP A SIM TA BOM

TA BOM EI BRUXA OS GATOS

VIROU BRUXA E BRUXO MEU DEUS

ACABOU

(texto 14-03)

PRODUÇÕES TEXTUAIS REFERENTES À PROPOSTA TEMÁTICA 15

Vida no mar

No mar à muitos tipos de vida como o peixe, o golfinho, a baleia, a estrela do mar etc.

O Peixe

tem escamas, seu osso é espinhoso, pode ser comido, é fácil de pescar.

O Golfinho

tem bico redondo, é dificil de pescar.

A baleia

é um dos animais do oceano que nunca foram comidos por outros animais.

A Estrela do mar

fica grudada nas pedras do fundo do mar, se mechedo de vez enquanda, grude muitos bichos bem pequenos até ficar transparente.

FIM

(texto 15-01)

O leão

Num belo dia um leão estava andando na floresta ele pisou na armadilha do caçador.
O caçador veio com o seu outro leão e o outro caçador também veio com seu leão correndo.
O caçador falou para o outro caçador
— Vamos matar ele amanhã.
O leão chamou o seu amigo e falou
— Amigo me tira dessa armadilha pufavor amigo. Os amigos falou
— nós vamos sauvar você.
Os leão sauvou o leão que estava na armadilha e no outro dia os caçador veio com ceu leão e os caçador falou
— cade esse leão.
o outro caçador falou
— A ele sumiu a gora só resta procurar
um caçador falou
— A o que vocês esta esperando vamos procurar.
Os caçador e o seu leão.
os leão achou os outros leão a ele monte de leão amigos sai correndo e o outros leão do caçador sauvo atrás do outros leão

FIM

(texto 15-02)

O GATO E O RATO

— AH! NÃO TEM NEUM RATO, BOLAS!
  (nenhum)
— O GATO EM BESIL?! — VOCÊ TÁ AÍ?
  (imbecil)
— SIM, GATO BOBO! — BOBO É VOCÊ RATO! — É VOCÊ GATO, — É VOCÊ RATO!
— É A VOVÓZINHA GATO! — VOCÊ RATO É UM VIADO! — É VOCÊ GATO!
— É VOCÊ RATO! — E VOCÊ GATO!
— É O VOVOZINHO RATO! — VOCÊ É UMA PICHA! — VOCÊ QUE É RATO!
— PARA UM POQUINHO, VOMO CER AMIGO? — SIM RATO! — EM TÃO VOMO CARSA UM TATU!
— OI RATO E GATO EU SA UM TATU
— VEI VOMOLA RATO?! — SIM GATO!
— CATEIELE! — LEGAL! — TÁ UMA TELISIA

(texto 15-03a)

ECE TATU TAMEMO RATO

EU TO JENHU EU TARBEI GATO

EI UM CACHORRO VOMOLA

RATO GATEI ELE LEGAL RATO

TA UMA DELISIA TAMEMO

AGORA VODORMI EU TABEI

JATATEDIA É MEMO RATO

EU NÃO VO CASAMAIS

EU TABEI GATO VOMO FAZER

BONECO SAEU FASO ECE

BAREI EU TABEI RATO

FOMOS PACEAR SIM PORETEA

GATO OA ECE CACHORRO

TABABANO É MEMO RATO

OA ECE GATO TABACEANO

É MEMO GATO

(texto 15-03b)

ALIGORA ECE VOU 35 BACASA
EU TABE RATO A GORA
VOU COMER EU TABEI GATO
TA TELISIOSO VO DORMIR EU
TABEI RATO TATE DIA
TA MEMO GATO VOU BACEAR
EU NÃO VO PORQUE NÃO RATO
MAS MAJAVOI EI É MEMO RATO
TATE NOETE VOU DORMIR
EU TABEI GATO AAAAAAAA
TE DIA TELISIOSO AAIAAAAAAA
VOCÊ JA ACORDO GATO SIM RATO
EU VOU DORMIOTAVEIS EU NÃO
GATO POMOTE O GATO
TA DORMINO EU VOU BACEA
TE CACHORRO LIDO

(texto 15-03c)

TE GATO VEIO TE BOM
TE EU DOSOZINHO AAAAAAAAA
CATE O RATO EI EU
DOSO ZINHO VOU POR CURA
ELE VOUTEI GATO
TE LEGAL RATO TA TENOITE
VOU DORMIR EU TA BEI
AAAAAAAAA OI CACHORRO
GRRRRRRRRRR CAUMA CACHO RIO
GRARR SOCORRO SOCORRO
AAAAA SOCORRO EI É APOIS
TO GATO VOU LAVER OU
QUE TETA ACOMDOCEIDO
SOCORRO ES PERA GATO
FAI TEITA VOCÊ SAUFO
AMINHA VITA E ELES VIVEU O MTDOVELI~~~~
FIM

(texto 15-03d)

Cromosete
Gráfica e editora Ltda.

Impressão e acabamento
Rua Uhland, 307 - Vila Ema
03283-000 - São Paulo - SP
Tel/Fax: (011) 6104-1176
Email: adm@cromosete.com.br